Sp Walker
Walker, Kate.
Enamorada desde siempre /
$4.99   ocn964380848

ENAMORADA DESDE SIEMPRE
KATE WALKER

WITHDRAWN

HARLEQUIN™

Editado por Harlequin Ibérica.
Una división de HarperCollins Ibérica, S.A.
Núñez de Balboa, 56
28001 Madrid

© 2015 Kate Walker
© 2017 Harlequin Ibérica, una división de HarperCollins Ibérica, S.A.
Enamorada desde siempre, n.º 2526 - 22.2.17
Título original: Destined for the Desert King
Publicada originalmente por Mills & Boon®, Ltd., Londres.

Todos los derechos están reservados incluidos los de reproducción, total
o parcial. Esta edición ha sido publicada con autorización de Harlequin
Books S.A.
Esta es una obra de ficción. Nombres, caracteres, lugares, y situaciones
son producto de la imaginación del autor o son utilizados ficticiamente,
y cualquier parecido con personas, vivas o muertas, establecimientos
de negocios (comerciales), hechos o situaciones son pura coincidencia.
® Harlequin, Bianca y logotipo Harlequin son marcas registradas por
Harlequin Enterprises Limited.
® y ™ son marcas registradas por Harlequin Enterprises Limited y sus
filiales, utilizadas con licencia. Las marcas que lleven ® están
registradas en la Oficina Española de Patentes y Marcas y en otros
países.
Imagen de cubierta utilizada con permiso de Harlequin Enterprises
Limited. Todos los derechos están reservados.

I.S.B.N.: 978-84-687-9133-3
Depósito legal: M-41060-2016
Impresión en CPI (Barcelona)
Fecha impresion para Argentina: 21.8.17
Distribuidor exclusivo para España: LOGISTA
Distribuidores para México: CODIPLYRSA y Despacho Flores
Distribuidores para Argentina: Interior, DGP, S.A. Alvarado 2118.
Cap. Fed./Buenos Aires y Gran Buenos Aires, VACCARO HNOS.

Capítulo 1

¡FELIZ aniversario!

Nabil bin Rashid Al Sharifa, jeque de Rastaan, alzó la copa hacia los dos invitados de honor de la fiesta. La pareja por la que habían organizado aquella celebración y que, a pesar de todo lo ocurrido en el pasado, estaba formada por sus dos mejores amigos.

–Felicidades por esos diez años juntos. Diez años de felicidad.

Le costó decir aquellas cuatro últimas palabras. Habían sido diez años de felicidad para sus amigos, pero no para él.

–Por Clemmie y Karim –añadió.

La elegante mujer morena, regia como una reina con aquel vestido color escarlata bordado en oro, le sonrió cariñosamente mientras, a su lado, el jeque Karim al Khalifa, que iba vestido más sombríamente, pero igual de elegante que Nabil, con la ropa típica de su país, levantó la copa. Diez años antes, cuando se había acordado el matrimonio entre Clemmie y Nabil, nadie habría imaginado que estarían viviendo aquel momento. No obstante, la pasión de Nabil por la joven Sharmila le había llevado a rechazar a Clemmie y casarse con su amante, que estaba embarazada. Por aquel entonces nadie habría predicho que se celebraría aquella fiesta para celebrar diez años de amor y de matrimonio...

De hijos.

De repente, Nabil dejó su copa en la mesa más cercana. Todavía no le habían dado la noticia, pero era imposible no fijarse en la curva del vientre de Clemmie bajo el vestido de seda rojo que le llegaba a los pies. Clementina siempre había sido una mujer muy bella, incluso cuando él, enfadado, la había rechazado, pero en esos momentos, con las curvas del incipiente embarazo, tenía un brillo especial.

–Enhorabuena –repitió Nabil una vez más, obligándose a sonreír a sus amigos.

Quería sonreír para mostrar que estaba feliz por ellos. Y en el fondo lo estaba, pero al mismo tiempo no podía evitar compararse con ellos.

Lo que sus amigos tenían en abundancia era lo que él tanto necesitaba en esos momentos, aunque no veía la manera de encontrar semejante felicidad.

Diez años antes, recién casado y feliz, había pensado tenerlo todo. Una esposa preciosa a su lado, un futuro hijo y la estabilidad de su país. Había sido joven e ingenuo, y había estado ciego. Solo había pensado en rebelarse contra su destino.

Y lo había hecho, pero solo había conseguido atarse a él con mucha más fuerza. Había sido como encerrarse y tirar la llave.

–¡Diez años maravillosos!

Karim levantó la voz para llegar a todos los invitados, pero sus ojos estaban clavados en su esposa. Ambos estaban en su propio mundo e, inconscientemente, Clemmie se había llevado la mano al vientre.

Fue un momento emocionante, que se rompió con la carrera de dos pequeños por el salón, corriendo a los brazos de sus padres.

–Adnan, Sahra... –dijo Clemmie con dulzura a pesar de estar intentando reprenderlos–. Un príncipe y una princesa no pueden irrumpir así en un acontecimiento público.

–Pero si es la fiesta de papá y mamá –respondió Adnan con toda la seguridad de sus cinco años–. No un acontecimiento público.

Clemmie y Karim volvieron a sonreírse y él pasó la mano cariñosamente por el pelo moreno del niño. Nabil pensó que su padre nunca lo había tratado con aquel cariño, siempre había sido frío y distante.

–Es ambas cosas –le dijo Karim en voz baja.

Algo en su tono de voz hizo que Nabil hiciese un movimiento brusco y se girase hacia la puerta, pero se obligó a volver a donde estaba. Era el anfitrión y tenía que estar allí para asegurarse de que la celebración transcurría como debía.

«Continúa...».

No se lo dijo nadie, pero casi pudo oírlo. Eso le hizo volver a poner su atención en el delicado rostro de Clemmie, pero esta lo miró a los ojos e hizo un leve gesto de cabeza para indicar las puertas de la terraza. El calor de su sonrisa hizo que Nabil

supiese que lo comprendía y sabía lo que estaba
pensando, y que le parecía bien que saliese a respirar el aire fresco que necesitaba en esos momentos.

–¿No ibais a cantar una canción? –preguntó
Clemmie a sus hijos.

Y toda la atención se centró en ellos.

Nabil dio las gracias en silencio a la mujer con
la que su padre había querido que se casase y que
en su lugar se había convertido en una de sus mejores amigas, y aprovechó la oportunidad que se le
presentaba para atravesar el salón en silencio y
salir al balcón.

Una ligera brisa le sacudió la ropa y salió a una
oscuridad iluminada solo por el frío brillo de la
luna en el horizonte. Nabil respiró hondo por fin y
empezó a pasear por la superficie de piedra antes
de detenerse y apoyar las manos en la barandilla
para mirar hacia las luces que salpicaban la oscuridad de la noche más allá de los muros de palacio. Hacia donde su pueblo había terminado el día
de trabajo y se disponía a dar las buenas noches a
sus hijos.

–¡Maldita sea!

Cerró los puños y golpeó la dura piedra al enfrentarse a las imágenes que tenía en la mente. Al
parecer, aquel día todo a su alrededor le recordaba
lo que no tenía. Lo que había pensado tener y había desaparecido. Casi sin darse cuenta, se llevó la
mano a la cicatriz que marcaba su mejilla y que
la espesa barba negra no conseguía ocultar.

Oyó un ruido suave que le recordó dónde estaba y dio un paso atrás para alejarse del borde y entrar en las sombras. Aquella noche la oscuridad parecía ocultar algún peligro en potencia.

¿O eran todo imaginaciones suyas?

Volvió a oír el mismo sonido a su izquierda y giró rápidamente la cabeza.

—¿Alteza?

Era una voz baja, que contenía una cierta aprensión, y evidentemente femenina, rasgo que tenía que haber hecho que se relajase, pero aquella voz le removió recuerdos que había creído enterrados desde hacía mucho tiempo. Recuerdos que le habían enseñado que no podía confiar en nadie, ya fuese hombre o mujer.

—¿Quién está ahí? Muéstrese.

Oyó cómo se movía un vestido contra las baldosas y el susurro de unos zapatos suaves sobre el duro suelo, y entonces ella salió a la luz de la luna. Tenía el rostro delgado y pálido, un pelo moreno, un vestido bordado que le cubría todo el cuerpo y la cabeza, casi por completo.

Por un instante, a Nabil se le detuvo el corazón y dejó de respirar, así que habló casi sin pensar lo que decía:

—¿Sharmila?

No creía en los fantasmas y, no obstante...

—Perdone, jeque.

La mujer se llevó ambas manos a la frente y se inclinó en señal de respeto y sumisión. El gesto hizo que Nabil se fijase en dos cosas. Por un lado, aspiró su perfume a sándalo y a flores, rico y sensual, que lo invadió por completo e hizo que todos sus sentidos se pusiesen alerta, pero en esa ocasión de un modo muy diferente. Respiró hondo y dejó que el aroma lo embriagase como si de un rico vino se tratase, así que tuvo que parpadear para que se le aclarase la vista. Fue entonces cuando se fijó en la segunda cosa: que la mano izquierda que la mujer se había llevado a la frente tenía... no era una malformación, sino que el dedo meñique de la mano izquierda no estaba completamente recto.

Por un momento creyó recordar algo, pero no supo el qué. Se preguntó si había visto antes a aquella mujer, y cuándo.

La mujer, que era una mujer joven, volvió a hablar, obligándolo a volver al presente.

–Perdóneme, Alteza. No sabía que hubiese nadie aquí fuera. Pensé que nadie se daría cuenta de que estaba aquí.

A Aziza le retumbó su propia voz en los oídos. Tenía que haber imaginado que alguien la sorprendería allí, lejos de las celebraciones del salón. También sabía que el jeque Nabil era un hombre duro, exigente, que estaba completamente volcado en la seguridad de su palacio. Era comprensible después de lo ocurrido, pero Aziza no había logrado soportar el ruido y el calor de la fiesta. Ni eso ni ver cómo su hermana mayor, Jamalia, coqueteaba abiertamente, o todo lo abiertamente que podía hacerlo delante de sus padres, con todos los solteros presentes que cumplían los requisitos.

Así que ella había tenido que escapar de la fiesta y de Jamalia, escapar del constante escrutinio de su padre, al que le hubiese dado igual que fuese una criada, porque esperaba que nadie se fijase en ella. Se suponía que tenía que haberse quedado allí, de carabina, pero Jamalia tampoco quería tenerla allí, y Aziza habría preferido estar en cualquier otra parte. Lo cierto era que ni siquiera había querido ir a la fiesta, pero su padre había insistido. Su padre le había dicho que todas las personas que eran alguien irían a la fiesta, y que, de no asistir, se notaría su ausencia.

–La mía no –había murmurado Aziza entre dientes, pero la mirada asesina de su madre le había hecho saber que no debía decirlo en voz más alta.

Así que se había ahorrado las protestas, se había puesto el vestido rosa que le habían dado y había seguido a sus padres.

Jamalia, por supuesto, había pensado que el único motivo por el que no quería asistir a la fiesta era porque no quería ser su carabina y porque se sentía incómoda entre los jóvenes que se le acercaban, pero en realidad había algo más.

Y en esos momentos tenía delante al verdadero motivo por el que no había querido ir a palacio aquella noche, alto y poderoso, rodeándola con el olor de su piel y tapándole la luz de la luna con la cabeza de manera que ella se había quedado completamente a su sombra.

Reconoció para sí que estaba acostumbrada a ocupar aquel lugar. Siempre había sido la sombra de Nabil desde que este, con doce años, había ido de visita a casa de sus padres y ella, con solo cinco años, lo había visto bajarse de un caballo enorme y tirarle las riendas a uno de los mozos de cuadra.

—¿Quién eres?

Era la misma pregunta que le había hecho muchos años antes, así que a Aziza le costó darse cuenta de que se la estaba volviendo a hacer, que no eran imaginaciones suyas, que estaba hablando con el Nabil del presente.

—Solo una criada.

Aziza se dijo que lo parecía. El vestido no era nuevo, por supuesto, sino heredado de Jamalia, pero a su padre le había parecido suficiente para ella, ya que a ella no pretendía mostrarla ante el jeque con la esperanza de conseguir un buen matrimonio.

—He venido con Jamalia, señor.

El instinto le hizo extender la falda del vestido e inclinarse en una cuidadosa reverencia. Esperó que aquella muestra de obediencia hiciese menguar la tensión que emanaba el hombre alto y fuerte que tenía delante. A su madre le había preocupado que se metiese en alguna situación incómoda si iba por ahí ella sola, y en esos momentos Aziza se dio cuenta de que Naddiya había tenido toda la razón, pero lo cierto era que sus padres jamás habían imaginado que algo así podría ocurrir.

—¿Tu nombre?

—Zia, señor.

No supo por qué había dado el nombre con el que la llamaba su familia. Al menos así no la relacionaría con sus padres ni con las maniobras políticas de estos. Aziza no pudo evitar pensar en el motivo por el que en casa la llamaban así y sentirse dolida.

Su padre había decidido que Aziza, que significaba «la bella», no le correspondía a alguien tan pequeño y corriente, que como era la segunda y jamás sería tan bella como su hermana mayor, había que llamarla Zia.

—Necesitaba tomar un poco de aire. Le ruego que me perdone...

Él la interrumpió con un gesto impaciente de la mano y Aziza se preguntó, confundida, si eso significaba que la perdonaba por haber estado allí, escondida en la oscuridad. Lo cierto era que se había arriesgado mucho, conociendo las medidas de seguridad que todavía había en todo el palacio. Así que si aquello salía mal, la culpa sería suya y solo suya.

Tal vez debería haberle dado su nombre completo, pero el corazón se le aceleró solo de pensarlo. Le había entregado su corazón desde que, todos aquellos años atrás, Nabil, con doce años, se había fijado en ella y no en su hermana mayor. Aziza lo había seguido como un perrito y ya había empezado a adorarlo con cinco años. No estaba acostumbrada a que nadie le prestase atención, y el hecho de que Nabil la hubiese tolerado, el increíble efecto de su sonrisa, la habían desequilibrado. Se había enamorado de él ya entonces y le había entregado su corazón, y todo lo ocurrido desde entonces había hecho que ningún otro hombre hubiese conseguido desplazarlo de él.

Lo había reconocido nada más verlo a pesar de la barba negra que cubría su mentón, pero no había podido darle su nombre por miedo a que no se acordase de ella. Su padre se habría reído si le hubiese contado su miedo, por supuesto que no la recordaría, y sentirse dolida solo por la idea era una tontería. No obstante, Aziza no había querido arriesgarse.

–Si me perdona...

Se había girado ya hacia las puertas que daban al palacio para marcharse cuando volvió a oír la voz de Nabil a sus espaldas.

–¡No te vayas!

Nabil no supo por qué había dicho aquello. ¿Por qué iba a querer que alguien le hiciese compañía cuando por fin había encontrado la soledad y el silencio que debían apaciguar a su atormentada alma? Pero era tan evidente que aquella mujer quería marcharse del balcón y dejarlo solo, que de repente Nabil había sentido aquel vacío que siempre había estado allí y se había visto obligado a detenerla.

–¿Alteza?

Era evidente, por su gesto de sorpresa, por la tensión de su cuerpo, que ella tampoco había esperado que le pidiese que se quedase allí con él. Bajo la luz de la luna sus ojos se veían muy grandes, oscuros.

–No te vayas. Quédate un poco.

Fue una orden, no una petición, y Nabil vio cómo la mujer cambiaba de expresión y dudaba un instante antes de volver y hacer otra reverencia.

–Y deja de hacer eso –la reprendió.

No era obediencia y sumisión lo que quería en esos momentos, sino...

¿El qué?

No lo sabía ni él.

–Señor –fue lo único que dijo ella, levantando la bonita barbilla.

No fue un gesto desafiante, sino algo diferente. Algo que le trajo un recuerdo lejano solo por un instante.

Ella mantuvo las distancias, pero Nabil volvió a aspirar su aroma, a sándalo y a jazmín, despertando sus sentidos como nada los había despertado en años. De repente, se le aceleró el corazón. Hacía tanto tiempo que no había sentido deseo por alguien que la sensación lo aturdió. Durante años, las mujeres más bellas y sensuales habían intentado atraerlo sin éxito, y en esos momentos lo había conseguido una que era menuda e insignificante.

–¿Te apetece beber algo?

Aziza pensó que se lo preguntaba porque la había visto humedecerse los labios y había confundido el gesto.

–No, estoy bien.

Nabil pensó que le había dicho que era una

criada, que estaba con Jamalia, la hija mayor de la familia Afarim.

Supo que el ceño se le había fruncido, pero le dio igual. Se sentía incómodo al pensar en Farouk El Afarim y su familia y los motivos por los que paseaban a la bella Jamalia ante él. Aquella noche había querido olvidarlo todo, no hacía falta que nadie le recordase que volvía a haber inestabilidad en el país, la importancia de asegurarse la lealtad de El Alfarim para que no se pasase al lado de los rebeldes.

–Quédate... y habla.

–¿De qué?

–De cualquier cosa. Por ejemplo... ¿Qué ves ahí delante? –preguntó, señalando hacia el horizonte.

–¿Qué veo? ¿Por qué me lo pregunta?

Lo cierto era que se trataba de otra pregunta a la que Nabil no podía contestar. Tenía que admitir que había querido ver aquel paisaje a través de sus ojos. Hablar con alguien ajeno a las exigencias y los debates, los tratados y los desacuerdos de los últimos meses. Alguien a quien no tuviese que tratar de manera diplomática, con quien no tuviese que pensar antes todo lo que decía o morderse la lengua.

Pasar más tiempo con alguien que despertaba sus sentidos como no lo había hecho nadie en mucho tiempo. Era como volver a vivir y Nabil quería más.

Por un instante se planteó seducirla. Seguro que ella estaba de acuerdo, lo veía en su rostro, lo

oía en su voz. Estaba seguro de que no se resisti-
ría.

Pero si había algo que había aprendido en los
diez últimos años era que aquellas relaciones va-
cías no le aportaban nada.

Debía dejarla marchar, pero no podía.

—Lo que veo... Ya debe de saber lo que hay ahí,
aunque ahora no se vea. Seguro que todos los días
ve el mar a la derecha y Alazar en la montaña, y
aquí...

Se le rompió la voz cuando, al señalar, tocó la
ropa de Nabil, que en algún momento se había
acercado a ella.

—¿Y aquí...? —repitió él con voz muy tensa.

Y Aziza se preguntó si la tensión se debería a
que también sentía aquella atracción, que no tenía
nada que ver con la adoración de la niña de cinco
años.

No, aquella era la respuesta de una mujer adulta
ante un hombre maduro y poderoso. Un hombre
que la hacía sentirse más mujer que nunca, pero
un hombre con el que debía guardar las distancias
mientras recordaba el motivo por el que tanto ella
como su familia estaban allí. Aquel hombre tenía
que fijarse en Jamalia, no en ella.

—Ya sabe lo que veo, señor. Ahí está Hazibah,
la capital. Y ahí...

Le tembló la voz un instante, pero recuperó las
fuerzas al saber que al menos con respecto a aquello podía decir la verdad. No había nada que ocultar.

—Ahí hay cientos, miles de personas. Hombres y mujeres, familias, niños, que disfrutan de la noche, de la paz, gracias a usted.

—¿Gracias a mí? ¿De verdad lo piensas?

Capítulo 2

HIZO un sonido de evidente escepticismo con la garganta y ella se giró a mirarlo.

–¡Es cierto! ¿Cómo puede dudarlo?

¿Cómo era posible que estuviesen tan cerca? Aziza casi no lo había visto moverse a pesar de que todos sus sentidos estaban alerta. En esos momentos lo estaba mirando a los ojos y sus alientos casi podían mezclarse en el frío aire de la noche.

–Después de todo lo ocurrido, de todo lo que ha sufrido...

Supo que no estaba consiguiendo conectar con él, que estaba siendo como hablar con una pared, pero también había vivido aquellos tiempos y sabía el miedo que había invadido al país cuando un grupo de rebeldes se había levantado contra el joven príncipe con la intención de causar una revolución.

–¿Todo lo que he sufrido? –inquirió él con cinismo–. ¿Qué sabes tú de eso?

–¿Acaso no lo sabe todo el mundo?

Aunque solo tenía trece años, había comprendido las imágenes que emitía la televisión. El intercambio de disparos, el modo en que todo el mundo se había quedado inmóvil por un momento, hasta que los guardias de seguridad habían llegado y algunos habían subido las escaleras de la biblioteca en las que estaban Nabil y su joven reina mientras otros iban en dirección opuesta, hacia donde debía de estar el asesino. ¿A quién se le iba a olvidar la imagen de Nabil agachándose, ignorando la sangre que salía de su pierna herida, para tomar en brazos a su esposa, herida de muerte?

Aquello era lo que había mantenido viva la llama que había habitado en Aziza desde que lo había conocido. Incluso durante los años en que él se había mostrado tan distante, como una figura intocable en cualquier acontecimiento público.

–Si se hubiese comportado de manera diferente podríamos haber tenido una guerra civil, o algo peor, pero el ejemplo que dio cuando falleció su esposa...

¿Qué había dicho? Había querido mostrar su admiración y respeto por él, pero fue como si le hubiese tirado ácido a la cara. Él echó la cabeza hacia atrás y su mirada ardiente se entrecerró. El reflejo de la luna brilló en la cicatriz de su mejilla, un oscuro recuerdo de aquel terrible día.

–Nunca pienso en eso –respondió en tono frío–. No quiero recordar nada de aquello.

Las palabras fueron heladoras, pero, al mismo tiempo, hicieron que Aziza se sintiese todavía más cerca de él. De hecho, tenía su mandíbula a solo unos centímetros del rostro y podía ver cómo le brillaban peligrosamente los ojos bajo la luz de la

luna. Su poderoso cuerpo le tapaba la luz procedente del interior del palacio y la de la luna, haciendo que solo lo viese a él, cerniéndose cual oscura y peligrosa sombra sobre ella.

Aziza tenía que haber sentido miedo. Su sentido común le advirtió que se marchase, que se
alejase de allí, de él, pero, por sorprendente que
pareciese, fue incapaz de moverse.

No se quedó inmóvil por el miedo, ni por aprensión. Aziza tuvo que admitir que era su feminidad
la que la tenía atrapada frente a la fuerte masculini-
dad del hombre que tenía delante. El olor de su
cuerpo la rodeaba. Podía sentir el calor de su piel y
tenía aquella poderosa mandíbula tan cerca que si
levantaba una mano...

–¿Qué demonios...?

Aziza se dio cuenta de que se había dejado llevar por el impulso y había alargado la mano para
tocarle la barba.

–¿Qué haces?

Era evidente que había hecho algo prohibido
tratándose del jeque, tocarlo, pero no se podía
arrepentir. El roce de su barba era embriagador,
hizo que se estremeciese. Tenía algunas zonas con
canas a ambos lados de la cabeza, que evidencia-
ban el paso del tiempo, y la piel algo levantada en
la zona de la cicatriz. Aziza sintió que se ponía
tenso mientras lo tocaba.

–No quiero recordar nada de aquello.

–Lo comprendo.

La dulzura de la voz de Aziza hizo que Nabil

acercase más el rostro a ella, de manera que sus labios quedaron muy cerca. Ella vio que los de él se relajaban y sintió que los suyos se separaban.

–Lo entiendo.

Aziza se preguntó si iba a besarla, pero enseguida se dio cuenta de que aquello era una tontería.

–¿Lo entiendes? –inquirió él en tono sombrío–. ¿De verdad? ¿Y qué es exactamente lo que entiendes?

–Yo...

Aziza se preguntó cómo había podido llegar a aquella situación con el hombre que gobernaba Rhastaan.

Pero es que era más que un jeque, era un hombre, un poderoso macho. Una fuerza de la naturaleza, duro y fuerte como las montañas que bordeaban el país, y ella había traspasado los límites con él.

–¿Qué sabes de mí? ¿Qué sabes de nada?

Nabil avanzó y la agarró con fuerza por la barbilla, le giró el rostro e hizo que lo mirase a los ojos.

–¿Qué puedes decirme que no sepa ya?

A Nabil le costó controlar la fuerza de sus sentimientos. Se había enfrentado a ellos una vez y eso casi lo había destruido. No volvería a ocurrir, mucho menos en esos momentos.

No justo cuando tenía a aquella mujer delante, a aquella mujer curvilínea, morena, de ojos grandes, que le recordaba tanto a Sharmila, la mujer que había muerto en sus brazos por una bala que iba destinada a él, pero que solo le había arañado el rostro.

Aquello había dejado un vacío en su vida que todavía no había conseguido llenar y había acabado además con el futuro de su país, ya que Sharmila había muerto embarazada del heredero al trono.

Por eso, en esos momentos, Nabil sabía que pronto tendría que tomar una decisión. No paraban de recordárselo. Incluso Clemmie le había dicho, de manera cariñosa, por supuesto, que necesitaba un heredero. No tenía tiempo, ni ganas, de tener un desliz con una mujer a la que acababa de conocer por casualidad.

Zia se zafó de él y el brusco movimiento de su cabeza hizo que Nabil volviese al presente, un presente que tampoco le gustaba.

—No sabes nada —le dijo—. Nada en absoluto.

—Yo vi...

—Viste lo que querías ver, lo que todo el mundo quería ver. Y no tuvo nada que ver contigo.

Ella tomó aire y se humedeció los labios, y a Nabil se le aceleró el pulso. ¿Cómo podía desearla tanto, después de años de indiferencia con las mujeres?

Su cuerpo le sugirió que se dejase llevar por una noche, pero su mente le impidió caer en la tentación. No iba a volver a cometer el mismo error, aunque el cuerpo esbelto de aquella mujer fuese toda una tentación, aunque desease tanto abrazarla contra su cuerpo que casi no pudiese ni pensar con claridad.

–¿Quieres que te bese, verdad?

Ella lo miró sorprendida y su gesto la delató.

–Eso es lo que quieres, ¿no? Eres una estúpida... Ni siquiera sabrías a quién estás besando. A qué clase de hombre deseas...

Se oyó ruido desde el interior del salón y Nabil recordó sus obligaciones. Llevaba demasiado tiempo allí fuera y lo llamaba el deber. Un deber del que jamás podría escapar. Era el momento de apartarse de la tentación.

Pero su instinto de hombre no quería marcharse y dejarla allí sin haberla tocado.

–Yo...

Aziza no supo qué responder. Era cierto que había querido que la besase. ¿Cómo iba a negarlo si debía de habérsele notado en el rostro?

Y todavía lo deseaba.

Él debió de verlo en sus ojos porque agarró con fuerza su barbilla y la besó de manera brutal y despiadada, pero sensual al mismo tiempo. Ella sintió calor en las venas y notó que se le doblaban las rodillas, que le daba vueltas la cabeza. Como era incapaz de controlar sus actos, separó los labios y permitió que Nabil profundizase el beso.

Aziza acababa de rendirse cuando notó que él se ponía tenso de repente.

–No...

Se separó bruscamente.

–¡Basta! –rugió–. Fuera.

¿Fuera?

¿Cómo la trataba así? Era evidente que no sabía que era Aziza El Afarim, si no, jamás habría tratado a la hija de su padre de semejante manera. Aunque aquel Nabil tampoco era el chico que ella había conocido, sino un hombre más duro y oscuro, al que no reconocía ni quería comprender. Además, para él no era más que la criada que le había dicho que era, Zia. Ni siquiera la segunda hija de El Afarim, la otra, la hija problemática, como su padre le recordaba con frecuencia.

Aziza sí sabía quién era él y no era el Nabil al que había conocido de niña, sino alguien con quien no quería pasar más tiempo, aunque todas las células de su cuerpo estuviesen ardiendo después del beso.

—Señor.

Fue lo único que consiguió decir con aquellos labios tan tensos como si fuesen de madera, inclinó la cabeza ligeramente, pero no consiguió que su cuerpo se moviese de allí, tal y como él le había pedido en tono arrogante.

No le hizo falta, fue Nabil quien decidió terminar con aquella situación. Se dio la media vuelta y se dirigió a las puertas que llevaban al salón sin mirar atrás, con la atención puesta en el interior del palacio.

Y Aziza se lo agradeció. Había tenido que hacer un esfuerzo enorme para mantener la compostura y lo había conseguido, pero no había querido que Nabil se diese cuenta de que estaba luchando una batalla interna consigo misma.

Los ojos se le habían llenado de lágrimas, pero no las iba a derramar, no hasta que Nabil se hubiese marchado. No hasta que hubiese desaparecido y hubiese cerrado las puertas de cristal tras de él.

Entonces agachó la cabeza y se desahogó, admitió cuáles eran sus sentimientos en ese momento. Aquel no era el Nabil al que siempre había adorado desde que lo había visto por primera vez. Era otra persona, otro hombre, un ser más frío y duro al que no se quería acercar. Y la sensación de pérdida le resultó casi insoportable.

Capítulo 3

ADELANTE.
Sus propias palabras le retumbaron en la cabeza mientras su consejero se inclinaba ante él.

Con solo una frase había puesto en marcha el proceso que le cambiaría la vida y que ojalá también cambiase el futuro de su país, para siempre.

Todo había ido más deprisa de lo que él había anticipado. No había imaginado que estaría allí aquel día, dispuesto a seleccionar a su futura esposa, poco después de un mes del aniversario de Karim y Clemmie, pero la tradición y el procedimiento estaban establecidos y escritos en la constitución de Rhastaan desde el principio de los tiempos y, al parecer, lo único que había hecho falta había sido decir aquellas palabras para que el proceso comenzase, sin que él tuviese que hacer nada más.

Hasta entonces.

Hasta aquel momento no le habían pedido opinión, pero a partir de entonces parecía que todo el mundo lo necesitaba y su participación en la ceremonia era, de repente, vital. Su opinión, su decisión, era lo único que hacía falta antes de que la mujer de su elección se convirtiese en la jequesa de Rhastaan.

En realidad, a él no le interesaba lo más mínimo todo aquello. Al fin y al cabo, ya había demostrado en una ocasión que no se le daba bien conocer a las mujeres, mucho menos vivir con ellas, tener hijos. Darle al reino los herederos que tanto necesitaba.

Clemmie le había hablado del tema antes de marcharse.

–Encuentra a alguien que pueda ocupar el lugar de Sharmila –le había aconsejado, mirándolo a los ojos–. Alguien que pueda hacerte feliz, que te dé una familia.

Era un discurso típico de ella, pero Nabil pensó que no era lo mismo casarse para formar una familia que hacerlo para darle un heredero a Rhastaan. Una familia era lo que Clemmie tenía con Karim, lo que, en un momento dado, él creía haber encontrado con Sharmila.

Recordó que no había querido casarse con Clementina Savaneski a pesar de que había sido la elegida por sus padres de niño, pero Nabil había estado enamorado de Sharmila y había pensado que esta llenaría el vacío que había en su vida. No había querido cumplir las órdenes de su dictatorial padre, por eso había aprovechado la excusa que le habían dado los informes que aseguraban que Clemmie había pasado una noche a solas con Karim.

Aquellos informes habían sido redactados por

los enemigos del Estado, pero a él no le había importado. Ni siquiera se había inmutado cuando la propia Clemmie le había contado que estaba enamorada de otra persona. Nabil había perdido a la que podría haber sido una esposa perfecta, pero, al mismo tiempo, había ganado a una amiga maravillosa.

Pero ni siquiera a aquella amiga le había contado jamás la verdad acerca de su historia con Sharmila. Si lo hubiese hecho, Clemmie no lo habría alentado a encontrar a alguien que lo hiciese feliz. En realidad no era aquella la emoción que la que había sido su reina había despertado en él.

—¿Señor? –dijo el consejero, que, al parecer, le había hecho una pregunta y estaba esperando la respuesta.

Nabil se obligó a volver al presente y asintió brevemente.

—Adelante –dijo–. Ponlo en marcha.

Otra inclinación de cabeza más y el hombre desapareció de su presencia, y Nabil volvió a quedarse solo. Tenía que haberse acostumbrado ya. Sus padres lo habían entrenado bien, casi no le habían prestado atención en su día. Aquel era el motivo por el que Sharmila lo había atraído tanto. No había imaginado que con ella se sentiría más solo que en ningún momento de los últimos diez años. En esos momentos prefería estar así.

Se puso en pie, caminó hasta el fondo del salón y estudió los sillones, los dos tronos.

Uno de ellos era para una mujer, para que se

sentase a su lado, su reina. Solo esperaba que de aquel proceso que comenzaba saliese una mujer medianamente atractiva y agradable.

Y fértil.

Eso era lo que les había pedido a sus ministros que le encontrasen. A cambio, él le daría la clase de vida con la que cualquier mujer soñaba. Una vida cómoda, llena de lujos, joyas, ropa y cualquier cosa que pudiese desear. Estaba seguro de que a alguna de las mujeres de la nobleza que su consejero le buscase le parecería bien aquello. Nabil no era un tirano. Le daría todo lo que ella le pidiese, y con razón. Lo único que no podría dar era amor.

No podía ofrecer amor. Eso exigía que ofreciese también su corazón. Y no tenía corazón que ofrecer.

Entonces, ¿por qué había pensado de repente en la joven a la que había conocido en el balcón la noche en que Karim y Clemmie habían celebrado su aniversario? Recordó sus ojos oscuros y brillantes, su pelo negro y sedoso, su voz dulce y un perfume que lo había embriagado.

«Después de todo lo ocurrido, de todo lo que ha sufrido».

Sus palabras le retumbaron en la cabeza. Sus palabras y la suavidad de sus labios. Sintió deseo y se obligó a salir de aquella habitación y atravesar el pasillo con paso rápido.

No había vuelto a ver a la mujer aquella noche, aunque lo cierto era que tampoco la había intentado encontrar. No quería tener nada que ver con el clan de El Afarim. Sabía, como todo el mundo, que Farouk El Afarim tenía en sus manos el equilibrio que había entre la corona y el líder rebelde. Si alineaba su lealtad y la de su pequeño principado con Ankara, la paz que tanto había costado conseguir volvería a verse peligrosamente amenazada.

Nabil sabía que dicha paz pendía de un hilo y estaba dispuesto a hacer cualquier cosa para fortalecerla. Por eso sabía que era inevitable que la hija de El Afarim estuviese en la lista de posibles esposas. Arriesgarse a ver a Zia en compañía de Farouk ya había sido correr un riesgo demasiado elevado, por mucha tentación que él hubiese sentido.

—¡No!

Entró en su habitación y cerró la puerta de un golpe con satisfacción, por fin estaba aislado del mundo, a solas. El único problema era que no podía dejar de pensar en la chica a la que había conocido la noche del aniversario de sus amigos. Era como si su esencia se hubiese convertido en una sombra que lo seguía a todas partes, allá adonde fuese, susurrándole por las noches cuando intentaba dormir.

Necesitaba encontrar una esposa, como todo el mundo decía. Daba igual que fuese el matrimonio concertado contra el que se había rebelado ya la última vez. Los resultados habían sido catastróficos y, al final, con el tiempo, se había dado cuenta de que era lo único que podía hacer.

Lo haría por el deber que tenía con su país. Tomaría una esposa que sería su reina y que le daría un heredero que continuaría con la dinastía y aseguraría la paz.

No había otra opción.

Él sería un rey que cumpliría con su deber, sería un marido fiel y un padre cariñoso. Tal vez no hubiese aprendido esto último de sus propios padres, que siempre habían sido fríos y distantes, pero eso no significaba que no pudiese serlo. Además, podía seguir el ejemplo de Karim.

Necesitaba una esposa y, cuando la encontrase, la trataría como a una reina, pero jamás permitiría que le calase hondo y que llegase a su corazón, que era como una caverna fría y vacía.

«Ahí hay cientos, miles de personas. Hombres y mujeres, familias, niños, que disfrutan de la noche, de la paz, gracias a usted».

Casi creyó volver a oír a Zia, que le hablaba en voz baja, casi sin aliento, y estuvo a punto de girarse a ver si estaba allí, pero supo que se trataba solo de su imaginación y del impacto que el recuerdo de aquella noche todavía tenía en él.

Se preguntó qué habría ocurrido si la hubiese seguido. ¿Habrían tenido juntos una noche de pasión? ¿Habría intentado saciar con su cuerpo suave y caliente el ansia que lo invadía? ¿Habría estado dispuesto a utilizarla solo porque había despertado en él anhelos que había creído muertos para siempre?

–¡No!

Zia se merecía algo mejor. Mejor que él.

Al menos, Nabil había tenido la honradez de apartarse de ella a pesar de saber que también lo deseaba. Le había evitado el mal trago de dejarla después de una noche juntos, porque no habría podido ofrecerle más que una noche.

En su lugar, había decidido hacer lo que debía hacer.

Su consejero le había informado esa mañana que la maquinaria se había puesto en funcionamiento. Ya le habían buscado varias posibles esposas, ya se había contactado con sus familias. Ahora Nabil debía verlas. Elegir.

—¡Elegir! —susurró enfadado mientras miraba por la ventana.

Lo cierto era que habría preferido escoger un caballo nuevo o incluso un perro de caza. Le habían dejado claro que tenía que elegir pensando en la política y en la diplomacia, en los beneficios que su esposa tendría para el país, más que en otra cosa. Aunque, si hubiese podido elegir realmente, no habría pasado por aquello.

No obstante, había jurado cumplir con su deber por su país y no podía hacer otra cosa.

—¡No hace falta que yo esté allí! —protestó Aziza, girándose hacia su hermana para que esta viese bien la determinación de su rostro—. ¡Esto no tiene nada que ver conmigo! Solo han pedido verte a ti.

–Lo sé.

Jamalia sonrió con cierta petulancia mientras se miraba en el enorme espejo que tenía delante y se apartaba un cabello invisible que se le había salido de la cola de caballo. Un segundo después, perdió ligeramente el control y mostró cierta vulnerabilidad.

–Pero... no puedo ir sola. Necesito que alguien me acompañe, que me ayude a vestirme...

–¿Por qué tengo que ser yo?

–No te entiendo –admitió Jamalia con el ceño fruncido–. Pensé que te apetecería viajar a la capital. Te divertiste en la fiesta de aniversario, ¿verdad?

Aziza dejó escapar un sonido que su hermana podía interpretar como un asentimiento si quería. En realidad, no era diversión lo que había sentido aquella noche en la que había vuelto a encontrarse con el hombre que, durante tantos años, había ocupado su corazón.

¿Cómo podía haber cambiado tanto en los diez últimos años? ¿O no había cambiado? Era más probable que fuese ella la que había cambiado. Había crecido, había madurado y eso significaba que ya no veía las cosas a través de los ojos de una niña. En su lugar, veía al verdadero hombre del que se había enamorado de niña. Nabil era el mismo que aquel niño señorial que la había engatusado con su sonrisa. Ciertamente, era ella la que no había visto antes la realidad.

¡Y Nabil no la había reconocido! No obstante,

Aziza todavía sentía algo por él. Y en esos momentos se estremeció solo de pensarlo.

–¿Tú estás segura de que quieres ir?

Supo que era una pregunta que no debía hacer, pero no pudo evitarlo. El jeque necesitaba una esposa y Jamalia era una buena candidata. Por eso los habían invitado a la fiesta de aniversario, con la esperanza de que Jamalia llamase la atención de Nabil, aunque ni esta ni sus padres habían estado con él aquella noche.

Aziza sí que lo había hecho y todavía recordaba al hombre frío y amargado con el que había hablado, por eso se estaba preguntando en esos momentos si quería ver cómo su hermana se casaba con un hombre así.

Había visto a Nabil tan distinto del chico al que le había entregado su corazón de niña, que le dolió el pecho solo de pensarlo. No le habría importado que Jamalia se hubiese casado con aquel Nabil... ¿o sí? ¿Acaso no se le habría roto el corazón, aunque de otro modo? ¿No habría deseado tenerlo para ella?

Así pues, podía acompañar a su hermana y ver cómo, tal vez, era la escogida y se casaba con el Nabil de esos momentos.

–¿Si quiero ir? Por supuesto que quiero. Piénsalo, Aziza, casarme con Nabil... convertirme en la jequesa –dijo su hermana con los ojos brillantes–. La ropa, las joyas...

–¿Eso es todo?

–¿Si eso es todo? –repitió Jamalia con incredulidad–. Es mucho. ¡Además, el jeque Nabil es un hombre impresionante!

Aquello era cierto, a Aziza se le calentó la sangre solo de pensarlo. Tal vez un par de días antes no habría sabido a qué se debía aquella reacción de su cuerpo, pero después de haber estado con Nabil en el balcón, bajo la luz de la luna, se le calentaba la sangre solo de recordarlo.

–Tienes que acompañarme –sentenció su hermana–. Lo ha dicho papá.

Y si su padre lo decía, tenía que ser así y Aziza lo sabía. Su palabra era la ley y no se podía ir contra ella. La idea de enfrentarse a la ira de su padre era todavía peor que la de tener que volver a ver a Nabil.

–¿Vendrás?

Aziza no tenía elección. De todos modos, no tendría que ver a Nabil, no había ningún motivo por el que tuviese que tener contacto con él.

–Está bien, iré.

Capítulo 4

NABIL estaba harto. Había pensado que accediendo a un matrimonio concertado todo sería más sencillo. Que lo único que tendría que hacer sería pedirle a su consejero que le encontrase una esposa, acceder a las condiciones de la familia de esta y participar en la ceremonia. No obstante, los preparativos y rituales le estaban resultando interminables. Ese día tenía que ver a las candidatas elegidas y escoger una. En su lugar, estaba sopesando posibles tratados, el equilibrio necesario para tener la paz.

Intentó tener paciencia mientras escuchaba lo que Omar le decía. Llevaba diez años intentando hacer avanzar a su país hacia aquel siglo y acababa de darse cuenta de que, con todo aquel asunto de la esposa, estaba retrocediendo a una época tan oscura como aquella en la que había reinado su padre.

—Lo entiendo —dijo por fin, a punto de quedarse sin paciencia—. Dame la lista.

Alargó la mano con impaciencia y el consejero avanzó rápidamente para entregarle la hoja de papel. Nabil enseguida vio un nombre y supo que, en realidad, nunca había llegado a tener elección. Aquello había sido inevitable desde el principio. Si de verdad quería asegurar el trono y la paz, era la única opción.

Jamalia, la hija mayor de Farouk El Afarim.

Se acordó de la criada de esta.

«¡Maldita sea, Zia, sal de mi cabeza!». Tenía que pensar con claridad y, teniendo en la cabeza la imagen de la mujer a la que se había encontrado en el balcón, era imposible. Aunque no necesitaba pensar mucho para saber que una alianza con El Afarim era lo mejor que podía darle a Rhastaan.

–¿Está Jamalia aquí ya?

–Sí, señor, pero...

–Quiero verla.

El otro hombre emitió un sonido y Nabil levantó la cabeza rápidamente. Sus miradas se cruzaron.

–Quiero verla a ella y a nadie más. Sé que no es el protocolo –añadió en tono irónico–, pero tiene que haber algún modo de verla sin que sea un cara a cara.

–Hay una habitación con un espejo...

–Perfecto.

–Oh, Zia, ¿qué hacemos aquí? ¿Qué piensas que está ocurriendo?

–¿Cómo voy a saberlo yo?

Aziza se arrepintió de la brusquedad de sus palabras en cuanto se le escaparon. No era capaz de controlar su lengua ni sus pensamientos. Había estado muy nerviosa desde que habían llegado a palacio, pero desde que les habían dicho que tenían que ir a aquella habitación y esperar, casi no podía ni respirar.

—Lo siento, pero es que es evidente que no sé más que tú.

Jamalia estaba tan alterada como ella, así que Aziza decidió no compartir con ella la sospecha de que el enorme espejo que había en la habitación era en realidad una ventana a través de la cual cualquiera podría observarlas desde el otro lado.

—¡Mi pelo está hecho un desastre! —se quejó Jamalia, mirándose al espejo—. Sabía que tenías que habérmelo recogido tú en vez de...

—¿Te ayudo ahora? —se ofreció Aziza, pensando que así distraería a su hermana.

Había aprendido a peinarla desde niña, intentando ganarse de aquel modo la aprobación de su padre, que jamás había conseguido. Al menos, Jamalia sí que apreciaba sus esfuerzos.

—No tardaré nada —añadió.

—De acuerdo —accedió Jamalia, observando cómo la peinaba—. No está mal. Y ya sé lo que me iría todavía mejor...

Mientras hablaba se llevó las manos al collar que llevaba al cuello, sin apartar la mirada del espejo, levantó el collar y se lo colocó en la cabeza.

—Ayúdame a abrocharlo, Zia.

Un momento después el colgante le adornaba el centro de la frente.

–¿Ves? –comentó Jamalia, girando la cabeza de lado a lado para ver cómo le quedaba, sonriendo–. Es perfecto para la nueva jequesa.

Aziza se miró en el espejo y pensó que debía de ser maravilloso sentirse tan segura de sí misma como su hermana, aunque Jamalia siempre había sabido que era muy bella, siempre la habían tratado como a la joya de la familia. Se parecía a su padre: alta, esbelta, elegante, bella. Se parecían tanto que era normal que Farouk siempre hubiese sentido debilidad por ella. A su lado, Aziza se sentía como un pequeño cachorro, tal vez fuese entrañable, pero no tenía el pedigrí de su hermana. Por eso siempre había sabido que su familia tendría que dar una buena dote para casarla.

Recordó la voz del jeque Nabil, burlona y despectiva, preguntándole si quería que la besase. La oyó con tanta claridad que casi pensó que estaba en la habitación, a sus espaldas.

Y se preguntó si su hermana sabría con quién se iba a casar. ¿Acaso le importaba? Al parecer, lo único que le importaba a Jamalia era el lugar que iba a ocupar, la riqueza y el lujo con el que iba a vivir. Al menos, no ocuparía el lugar completamente servil que había ocupado la esposa del padre de Nabil. En los últimos años todo había cambiado extraordinariamente y el jeque había trabajado mucho para asegurar que las mujeres tuviesen una vida mejor, para que hubiese más igualdad. Ella misma había deseado aprovecharlo para poder ir a la universidad y estudiar idiomas, otro punto más en su contra, en opinión de su padre, que pensaba que nadie querría casarse con una mujer que pasaba tanto tiempo leyendo y estudiando. Al menos, aquello le había dado la oportunidad de aprender a conducir y disfrutar de la independencia que esto le proporcionaba, mientras que su hermana jamás se había molestado en hacerlo.

Aunque, por supuesto, si se convertía en reina, Jamalia jamás tendría que conducir. Tendría siempre a su disposición un elegante coche oficial, un chófer profesional día y noche, cuando lo necesitase.

A Aziza se le encogió el estómago, se puso más nerviosa, solo de imaginarse a su hermana siendo reina. Y no era por el hecho de que se convirtiese en jequesa, sino porque fuese la esposa de Nabil.

—¿Se refiere a esa mujer?

Nabil le dio la espalda al espejo por el que había estado observando a las dos mujeres que había en la habitación de al lado. Ya había visto suficiente. De hecho, había visto más de lo que había querido o esperado ver.

No había pensado que volvería a verla. Que la mujer en la que había estado pensando día y noche estaría allí, con su potencial esposa. Había sabido, eso sí, que Zia era la criada de Jamalia, pero no había esperado que estuviese allí. Había imaginado que Jamalia iría acompañada por su madre.

Ver a Zia lo había desequilibrado.

Le había obligado a recordar cómo se le había acelerado el pulso al hablar con ella en el balcón, el olor de su piel mezclado con un aroma floral, que le había hecho pensar en la suavidad de unas sábanas, la privacidad de un dormitorio...

Se maldijo. Estaba volviendo a pensar en ella, en Zia, cuando era en lo último en lo que debía pensar. Tal vez tendría que haberse acostado con ella aquella noche, cuando esta casi se lo había rogado, para después haber podido olvidarla inmediatamente.

–¿Señor? –le preguntó Omar–. ¿Es esta la mujer de su elección?

Nabil intentó pensar con claridad, sacudió con fuerza la cabeza para obligarse a hacerlo.

–No. No es ella.

No podía casarse con Jamalia y que esta llevase a su criada, pero al mismo tiempo no podía negarse a casarse con Jamalia y arriesgarse a insultar a su padre por haber rechazado a su bellísima hija.

Entendía que hubiesen seleccionado a Jamalia. Era preciosa, de eso no cabía la menor duda. Sería una reina magnífica, pero él quería algo más que una reina, quería a alguien que le diese un heredero, pero también quería una madre para sus hijos. No se había dado cuenta hasta entonces. Hasta que había visto cómo se miraba Jamalia en el espejo y se había dado cuenta de lo mucho que le recordaba a su propia madre.

Su madre había amado tanto su papel de reina

que nunca había tenido tiempo para su hijo, y Nabil no quería que un hijo suyo tuviese que pasar por aquello. De niño, había visto a sus padres como mucho una hora a la semana, después de haberse inclinado ante ellos varias veces. Como mayor gesto de cariño, su madre le había tocado la cabeza mientras comentaba lo mucho que había crecido.

Después, antes de marcharse, esta se había inclinado para ofrecerle la mejilla y que le diese un beso, permitiendo solo un breve contacto por miedo a que se le estropease el maquillaje.

No era de extrañar que Nabil casi ni se hubiese inmutado con el accidente de helicóptero en el que habían fallecido sus padres. ¿Cómo iba a echar de menos a unas personas que, si bien lo habían creado, casi no habían estado presentes en su vida? El fallecimiento de su vieja niñera, dos años más tarde, cuando él tenía dieciséis años, había tenido un efecto mucho más dramático en su vida.

Y no quería el mismo futuro para sus hijos. Había visto cómo era Clemmie con su hijo y su hija, y aquello era lo que quería cuando tuviese descendencia. Y había algo en la actitud de Jamalia que le decía que no iba a ser así.

—¿No?

Era evidente que Omar pensaba que se había vuelto loco, o casi, pero lo cierto era que Nabil nunca había tenido las cosas tan claras en mucho tiempo.

—Pero, señor, el tratado...

No hacía falta que le recordasen la importancia del tratado, pero en esos momentos pensó en el tiempo que había pasado en casa de Farouk de niño, con doce años, y el motivo por el que, de manera inconsciente, había evitado todo contacto con la hija mayor de este. Cuando le habían dicho que iba a pasar unos días con una familia importante, él se había fijado en la palabra «familia» y había esperado encontrar allí algún amigo. O poder entender lo que era realmente una familia en casa de los El Afarim.

En su lugar, la visita había resultado ser solo un asunto diplomático, de Estado.

—¿Hay una hermana menor, verdad?

No supo de dónde le venía el recuerdo, pero, de repente, recordaba claramente a una niña pequeña y tímida, que lo miraba y se reía desde detrás de las faldas de su madre. Una niña pequeña más regordeta y de menor estatura que su hermana, pero con una sonrisa angelical que lo había hecho sentirse bienvenido desde el primer momento. Una niña que se había preocupado por los gatos huérfanos del jardín, que había conseguido tranquilizar a un primo pequeño que lloraba, al que había dormido en brazos en unos minutos. Si tenía que casarse por obligación y dar un heredero al trono, lo mínimo que podía hacer era ofrecerle a ese heredero una madre que pudiese darle más de lo que él había tenido.

—Para que el tratado siga adelante solo tengo que casarme con una de las hijas de El Afarim, ¿no?

–Cierto, pero...

–Pero nada –lo interrumpió Nabil, levantando una mano para terminar así con la conversación–. Basta. Si el tratado sigue en pie y si tengo que elegir una esposa por obligación, elegiré a la hermana pequeña. Decidido.

Capítulo 5

MIENTRAS esperaba a que la puerta del comedor se abriese para poder recorrer el trayecto que sin duda se le haría el más largo de su vida, Aziza se preguntó cómo era posible que le hubiese cambiado la vida en el espacio de unos días, en menos de un mes. Los últimos días habían pasado casi sin que se diese cuenta, todo habían sido reuniones, pruebas y preparativos para convertirse en la futura esposa del jeque.

«La esposa elegida por el jeque».

Aquellas palabras le habían cambiado la vida y se la habían roto en miles de pedazos que jamás se podrían reconstituir. Le había resultado tan sorprendente, tan increíble, que se había agarrado al brazo de su padre por miedo a que se le doblasen las piernas y caer.

El peso del vestido de seda bordado era tal que tenía la sensación de llevar una pesada carga en los hombros, y el velo que le cubría el rostro era tan espeso que casi no podía ni respirar, y veía tan poco que tendría que guiarse por su padre para avanzar.

—Preparada... —le dijo este en voz baja, nervioso.

Aquello le hizo darse cuenta todavía más del cambio en su situación. El hecho de que su padre hubiese intentado tranquilizarla, en vez de haberle dedicado un duro reproche, como habría hecho en el pasado. Era una persona nueva y la actitud de Farouk había tenido que cambiar también.

—Recuerda que te ha escogido.

«Te ha escogido». Aziza todavía no podía creérselo. Que su padre se lo hubiese comunicado nada más entrar en aquella habitación en la que las habían hecho esperar a Jamalia y a ella todo el día mientras el jeque Nabil tomaba una decisión. Ellas habían imaginado que pasaba algo al ver llegar a Farouk con los labios apretados y los ojos brillantes de la emoción contenida.

—El jeque Nabil ha tomado una decisión —había anunciado.

E, inmediatamente, Aziza había mirado a su hermana, que se había puesto en pie, pletórica, con las mejillas sonrosadas.

Pero Farouk se había girado hacia su hija menor y había sonreído. No había podido contener la alegría al saber que una de sus hijas había sido escogida para casarse con el jeque, pero al mismo tiempo le había resultado divertido que la elegida hubiese sido Aziza en vez de su hermana mayor.

—Te ha elegido a ti —le había anunciado.

En esos momentos, Aziza intentó respirar con normalidad, se obligó a tomar aire y a volverlo a expulsar para tranquilizarse, y se concentró en el modo en el que sus pies tocaban el suelo al avanzar por el pasillo. Le dio la sensación de que el suelo se movía bajo sus pies e intentó ver, a través del espeso velo dorado que le cubría el rostro, al hombre que la esperaba al otro lado del pasillo.

Nabil. ¡Su futuro esposo! Era solo una mancha blanca, con su ropa de ceremonia, y el *ghutra* en la cabeza, sujeto por un *agal* de oro. Aziza pensó que estaba actuando como si estuviese ciego, ocultando su rostro para no mirarla.

Pero así era como debía transcurrir aquella ceremonia. Aziza sabía que tanto Nabil como ella solo eran símbolos, el rey y su consorte. No un hombre y una mujer. Porque aquel matrimonio concertado era por el bien del país.

Aquel era uno de los motivos por los no había podido negarse a participar en él. Había aceptado la decisión de Nabil desde el primer momento, por el bien del país. Sabía que nadie pensaba en sus esperanzas, sus sueños, sus sentimientos. Se suponía que por encima de todo aquello estaba el orgullo de convertirse en la esposa del jeque. Por eso su padre la trataba con aprobación de repente. Porque era la elegida.

«Te ha elegido a ti».

Nadie, ni si quiera ella misma, había pensado en los recuerdos de su niñez ni en que se había enamorado de Nabil a una edad muy temprana. Y había crecido viendo cómo él se convertía en un hombre que sufría pérdidas y traiciones y las superaba.

Pero ¿quién era aquel Nabil? ¿Eran los recuerdos que tenía de él meras fantasías de una niña, o tenían algún fundamento? Siempre había soñado con que era el hombre con el que se casaría algún día, pero en sus sueños no había aparecido nunca el hombre frío y duro con el que había estado aquella noche en el balcón.

Y, no obstante, Aziza no podía deshacerse de sus anhelos de juventud. Aquella noche había llorado por la desilusión, pero cuando su padre le había dicho que el jeque la había elegido para casarse con ella, había vuelto a soñar, había empezado a tener nuevas esperanzas, nuevos anhelos que la niña que había sido jamás habría podido imaginar.

Quería ser la elegida. Ya fuese Zia la criada o Aziza, la hermana pequeña, la segundona. Anhelaba ser especial para alguien. Y Nabil la había visto en aquella habitación, a través del espejo, y la había elegido a ella.

En esos momentos ya estaba a su lado, había levantado la mano derecha del brazo de su padre y sus pequeños dedos se habían perdido en la enorme mano de Nabil.

Y había vuelto a sentirlo. Había vuelto a tener aquella sensación de calor, se le había acelerado el corazón.

Lo mismo que le había ocurrido en el balcón la noche de la celebración del aniversario.

En aquel momento, el mero hecho de tenerlo cerca había despertado en ella todas las sensaciones que habían amenazado con quemarla viva aquella noche en el balcón. A pesar de ir escondida detrás del tupido velo, la mirada negra de Nabil le quemaba la piel, marcándola como suya.

Quería aquello. Quería a aquel hombre como no había querido a ningún otro ser humano en toda su vida. Quería que sus sueños de niñez se hiciesen realidad. Aunque sabía que no era posible que sus sueños con Nabil se hiciesen realidad. El hombre al que había conocido en el balcón estaba a años luz de su héroe de juventud. Aziza sabía que era un hombre duro, carente de emociones. Se ruborizó al pensar que aquella noche no había querido besarla. Supo que debía negarse a aquella unión, pero su corazón no atendía a razones.

Sin saber cómo, consiguió desempeñar su papel durante la ceremonia, responder cuando debía hacerlo, decir lo que tenía que decir guiada por él, aceptar el anillo que Nabil le ponía y volver a recorrer aquel pasillo del brazo de su marido. De repente, la atmósfera parecía distinta, la actitud de todo el mundo había cambiado. Aziza ya no era ni siquiera la elegida, sino la esposa del jeque.

Lo que más la sorprendió fue ver a su propia madre y a su padre, ¡a su padre!, inclinarse respetuosamente a su paso. Fue entonces cuando se dio cuenta de que aquel matrimonio había sido un cambio tanto para ella personalmente como para el país.

Ya no era la segunda para nadie, salvo, por supuesto, para Nabil, su marido. Sus días de ser «la otra hija», la que siempre estaba a la sombra de su hermana, habían quedado atrás. Sobre todo, ya no tendría que obedecer a su padre. Era libre.

¿Era libre? Había puesto su vida y su futuro, también su cuerpo, en manos del hombre que caminaba a su lado. Este le agarraba la mano con fuerza y eso la hizo temblar por dentro, nerviosa, al pensar en aquellas manos en otras partes más íntimas del cuerpo. Había accedido a aquello casi sin pensarlo, por el anhelo que había sentido de joven y por la libertad que le daría el matrimonio, sabiendo que Nabil era un reformista al que siempre le había interesado mejorar la situación de las mujeres de su país. Su visión de las mujeres era muy distinta a la de su padre, mucho más tiránico y tradicional. No obstante, Aziza se preguntó si aquella libertad era posible o si solo había cambiado una forma de esclavitud por otra.

Pasó por el banquete y la celebración como si estuviese en un sueño, sensación aumentada por el hecho de estar escondida detrás de aquella cortina de velos, que habría tenido que salvar si hubiese querido comer.

Pero lo cierto era que no podía comer, así que se limitó a mover la rica y especiada comida por la superficie dorada de su plato, incapaz de probar bocado. A su lado, Nabil tenía los brazos apoyados en los del sillón que ocupaba y parecía relajado, pero escrutaba el salón con la mirada, como si en realidad estuviese alerta, aquello la incomodó.

–Señor... –balbució.

Él giró la cabeza y clavó la mirada en su velo, como si quisiese traspasarlo.

–Me llamo Nabil –le dijo en voz baja, pero con cierta dureza, agarrando el tenedor con fuerza.

Aziza se dio cuenta entonces de que tampoco había comido nada. Y fue consciente de que quería que lo llamase por su nombre, cosa que muy pocas personas tenían derecho a hacer. Era el jefe del gobierno, el rey de Rhastaan, el jeque, Su Alteza, pero eran pocas las personas que lo llamaban Nabil.

De repente, Aziza recordó las horribles escenas que había visto en televisión diez años antes, el ensordecedor silenció que había seguido al intento de asesinato, el rostro de Nabil manchado de sangre, inclinado sobre Sharmila, su reina embarazada. Había sido posible leerle los labios a esta justo antes de morir: Nabil.

–Na... Nabil –balbució, deseando tocarle la mano que con tanta fuerza agarraba el tenedor, pero sin hacerlo.

Nabil consiguió soltar el tenedor. No era el momento de pensar en cuántos años hacía que no oía a una mujer decir su nombre, salvo de labios de Clementina. Era extraño pensar que la única imagen que tenía de la mujer que era su esposa era la de una niña que le había llevado a tomar una decisión tan precipitada como aquella que lo había empujado a casarse con Sharmila. Al menos en esa ocasión había tomado la decisión con la cabeza, no dejándose llevar por el deseo ni con la sensación de soledad que lo habían movido la primera vez.

Ni por las razones por las que había barajado la opción de llevarse a la criada de la hermana de Aziza a la cama.

Se maldijo. Había vuelto a permitir que Zia entrase en su mente. Tenía que estar completamente centrado en su esposa, en Aziza.

Era evidente que esta ya no era una niña. Había florecido, al menos, físicamente. Tenía un cuerpo esbelto, con los pechos firmes y caderas curvilíneas, aunque su rostro seguía oculto detrás de los tradicionales velos que frustraban cualquier intento de averiguar cómo era. Nabil sabía que la que tenía reputación de ser muy bella era su hermana, pero Aziza no podía haber perdido la angelical belleza que él recordaba. Años atrás había sido ella quien lo había tratado como a una persona, no como a un futuro rey, al contrario que Jamalia y sus padres. Aziza se había reído cuando él la había sorprendido robando dulces y se había llevado un dedo a los labios para advertirle que no la traicionase. Y aquella sonrisa...

Nabil maldijo en silencio la tradición del velo dorado de novia. Quería ver a través de él... ¡Quería ver a su mujer!

Frustrado, apartó la vista de donde estaba su rostro y la clavó en el plato que Aziza tenía delante.

—No has comido nada.

A Aziza aquello le sonó a acusación, a reproche.

–No... no tengo hambre.

–La Aziza que yo recuerdo no era así.

–¿Me recuerdas? –preguntó ella, notando que se le hacía un nudo en el estómago, sorprendida de que Nabil se acordase de ella.

–Robabas frutas escarchadas de la mesa –le dijo él–. Recuerdo que me preguntaba cómo podías hacerlo si casi ni llegabas a la mesa.

–¡Me las llevaba para mi niñera! –exclamó, no queriendo que Nabil viese en ella a una niña avariciosa.

Quería que pensase en ella como en una mujer. La mujer a la que había escogido. La mujer a la que quería.

–Claro que sí –respondió Nabil riendo.

Y ella pensó que se iba a derretir al oírlo reír. Le resultó imposible creer que aquel hombre tan guapo y sexy se hubiese interesado por ella. Y, no obstante, había tenido la oportunidad de casarse con su hermana...

Agradeció que el velo ocultase su rostro. Se dijo que, al verla con Jamalia, Nabil la había reconocido y se había dado cuenta de que no era Zia, la criada. Se sintió aturdida solo de pensar que la había reconocido y había decidido escogerla.

–¿Todavía te gustan los dulces?

El tono de voz de Nabil había cambiado, de repente era más profundo. Buscó por la mesa con la mirada y un momento después se inclinó hacia delante y tomó un plato lleno de uvas y dátiles, escogió una uva cubierta de azúcar y se la tendió.

—Pruébala.

No fue la fruta lo que la tentó, pensó, mientras los sonidos y las personas que los rodeaban se desdibujaban a su alrededor y solo quedaban Nabil y ella, y la deliciosa fruta que había entre ambos.

—Toma...

Nabil se había acercado a ella y había utilizado la mano libre para levantarle el velo y llevar la uva a sus labios.

—Prueba.

Ella lo hizo, no tenía elección. Con la mirada clavada en él a través del velo, separó los labios y mordió la uva. El jugo fresco y algo ácido que contrastaba con el dulzor del azúcar le llenó la boca.

—¿Está buena?

Aziza solo pudo asentir ligeramente. Saboreó el delicado bocado, masticó despacio, tragó e inmediatamente deseó...

—¿Más?

Fue como si Nabil le hubiese leído la mente. Este notó la suavidad y el calor de sus labios en la mano y deseó poder ver su rostro y saber exactamente con quién se había casado.

Quería tocar su suave piel, pero al acercarse más aspiró un olor que le era familiar.

Sorprendentemente familiar.

Se quedó inmóvil al entenderlo. Conocía aquel perfume, a sándalo y a jazmín. Era el perfume que asociaba con una única mujer: Zia.

¿Desde cuándo llevaba una criada el mismo perfume que su señora?

Salvo que...

De repente todo se nubló y tuvo que parpadear con fuerza. El rostro de su esposa estaba oculto detrás del velo, pero aunque lo hubiese apartado no habría podido verlo con claridad. Se preguntó si lo habían vuelto a engañar. Si había vuelto a casarse engañado por un rostro bonito y un cuerpo seductor, como con Sharmila.

¿Quién demonios era aquella mujer?

Nabil se había quedado inmóvil de repente y ella se sintió como si estuviesen solos en el salón, sin querer, atrapó los dedos con sus labios.

De repente sintió pánico y pensó que Nabil iba a apartar la mano bruscamente.

No lo hizo. Se quedó quieto.

Y ella solo quiso que se moviese, que hablase, así que dejó que su lengua lo acariciase.

—Aziza...

Utilizó el mismo tono seductor que en el balcón, cuando le había rechazado, pero en esa ocasión no podía decirle que se marchase. Era suya. Era su reina.

Deseó que Nabil volviese a reaccionar así y deseó volver a probar el sabor de su piel, así que volvió a acariciarlo con la lengua.

—¡Aziza!

El tono en aquella ocasión fue diferente.

—¡Basta, señora!

Fue como un jarro de agua fría que la devolvió

a la realidad. Nabil apartó la mano de su rostro y el anillo se le enganchó en el velo, cuyas horquillas se clavaron en el cuero cabelludo de Aziza, haciendo que los ojos se le llenasen de lágrimas del dolor.

Nabil se puso en pie y todo el mundo se quedó en silencio a su alrededor. Todas las conversaciones se detuvieron, todo el mundo giró la cabeza hacia ellos, y la atmósfera se volvió de repente fría y tensa, sensación que empeoró para Aziza al ver a Nabil cernirse sobre ella, tapándole la luz procedente de las velas.

–Basta –volvió a decir este en voz alta.

A Aziza le dio vueltas la cabeza y fue incapaz de interpretar su tono de voz en esa ocasión. Sabía que había cruzado una línea invisible que ni siquiera había sabido que existía y no supo cómo reaccionar.

En ese momento se dio cuenta de lo dominante y poderoso que era Nabil, al ver cómo todo el salón se quedaba inmóvil, en silencio, y esperaba a que él volviese a hablar. Aunque no hacía falta que hablase ni que levantase la voz, Nabil bin Rashid Al Sharifa era una fuerza de la naturaleza, alto y orgulloso a su lado, tendiéndole la mano en silencio. Una orden que Aziza tuvo que obedecer.

Lentamente, posó la mano en la suya y notó que él la levantaba con fuerza y la apoyaba contra su fuerte cuerpo. Lo hizo en silencio, no le hizo falta hablar. Fue una orden a la que nadie hubiese podido oponerse.

–Vámonos de aquí.

Se lo dijo en un murmullo, al oído, tenía el resto de la atención puesta en el salón.

–Mi esposa está cansada...

Fue lo que dijo a los presentes, que estaban todos mirándolos fijamente. Al parecer, aquel cambio iba en contra de la ceremonia y del ritual establecidos.

–No estoy... –balbució ella.

Pero Nabil la acalló con tan solo una mirada y después la apretó todavía más contra su cuerpo.

–Nos vamos...

En la otra punta del salón se cerró con fuerza, dando un golpe, una puerta que se había quedado abierta, interrumpiendo a Nabil y haciendo que todo el mundo se sobresaltase. Nabil se quedó completamente inmóvil un segundo y Aziza se preguntó qué era lo que había cambiado en su estado de ánimo.

–Nabil...

Pero entonces fue como si este hubiese vuelto al presente, y volvió a levantar la cabeza.

Todo había ocurrido en un espacio de tiempo tan breve que nadie más se dio cuenta, o eso le pareció a Aziza al estudiar la expresión del rostro de los invitados.

–Mi esposa y yo nos marchamos ahora –continuó él como si no hubiese ocurrido nada–, pero, por favor, que continúen las celebraciones...

Y aquello fue todo, Nabil se giró en dirección a la puerta y Aziza lo siguió, no tuvo elección. Nabil la estaba sacando del salón apretada contra su cuerpo, medio a rastras.

Aziza se preguntó si había hecho algo mal. No supo si lo que sentía era miedo o emoción. Se preguntó si Nabil se estaría dando cuenta de lo fuerte que le latía el corazón.

La sujetaba con tanta fuerza que no habría podido zafarse de él ni aunque hubiese querido, pero ¿quería? En realidad, lo que deseaba la mujer que había en ella era que siguiese sujetándola así. Sentirse prisionera entre los brazos de aquel hombre tan poderoso.

Y en ese momento se dio cuenta que con aquel matrimonio no había conseguido su ansiada libertad, sino que había pasado de tener que cumplir las órdenes de su padre a respetar aquellas de su marido.

Le había preocupado tanto la idea de haber hecho algo más que no se había dado cuenta de lo que ocurría. Vio a Nabil despedir con un gesto a los criados que los seguían iluminándoles el camino y entonces Aziza tembló de aprensión. No se trataba de que hubiese hecho algo más, sino de algo mucho más profundo, oscuro y primitivo. Se trataba de la conexión más básica entre un hombre y una mujer.

—¡Dejadnos! —espetó Nabil en tono inflexible—. ¡No necesitamos nada! ¡Mi esposa y yo queremos estar a solas!

Aziza se dio cuenta de la realidad cuando Nabil tomó un pasillo nuevo y la arrastro por él, cuando le dio una patada a la puerta a espaldas de ambos y rugió con satisfacción.

Su reacción había sido completamente distinta a la que había tenido cuando había oído el portazo en el salón del banquete, y Aziza tuvo claro lo que estaba ocurriendo y por qué estaba allí.

Nabil quería estar a solas con su esposa y... para bien o para mal, ella era su esposa.

Capítulo 6

NABIL sintió que ardía por dentro mientras salía del comedor y se dirigía a sus aposentos privados. Era como si volviese a estar vivo después de diez largos años en la oscuridad. Y, no obstante, sabía que el final de aquella noche jamás sería como esperaba.

Después de cerrar la puerta y dejar fuera a sus sirvientes, se detuvo e hizo girar a Aziza entre sus brazos.

La suavidad de su cuerpo contra el de él, el olor de su piel y de su cabello hicieron que se le disparase el pulso. Se sintió aturdido de deseo.

Lo que le recordó que tenía motivos para preocuparse. Aquello no era lo que parecía. ¿Cómo iba a sentir deseo por dos mujeres, Aziza y la criada, en tan poco tiempo? Sabía lo que sus invitados habrían pensado de la precipitada salida. Y quería que tuviesen razón. Quería que pensasen que lo único que deseaba era empezar con el proceso de engendrar un heredero lo antes posible, pero lo que no sabían era que ya había estado en aquella situación una vez antes. Y había sobrevivido de milagro.

No sabía qué le había impedido levantar aquel velo en el banquete y revelar la verdad ante todo el mundo. Tal vez las posibles consecuencias políticas, si sus sospechas eran ciertas. Aunque no estaba seguro. Y la idea de hacerle algo así a su nueva esposa, a Aziza, si es que se trataba realmente de ella.

Pero lo cierto era que su mente había estado ofuscada por el deseo y no había podido pensar con claridad.

Ella lo había seguido sin oponer resistencia, en silencio. No podía dejarla marchar. Ya estaba sintiendo el calor de su curvilíneo cuerpo y quería más, más contacto, más de ella. Al mismo tiempo, deseaba que estuviese en cualquier otro lugar que no fuese aquel, si lo que sospechaba era cierto.

Había imaginado que aquella noche sería muy diferente. Había pensado que tendría que convencerla para que pasasen su primera noche como marido y mujer juntos. Que le llevaría tiempo y atenciones convencerla. Y se había preparado para ello. De hecho, había pensado que disfrutaría mucho con los preámbulos, después de tanto tiempo.

Acababan de entrar en la habitación, se detuvo y se giró a mirar a Aziza.

—Ven aquí, esposa mía.

«Esposa mía».

Aziza no supo si estaba temblando de la emoción o del miedo. La idea de la noche de bodas la aterraba y la excitaba al mismo tiempo. Le había entregado su corazón a aquel hombre muchos años atrás, cuando todavía era una niña, y desde entonces siempre lo había adorado en la distancia, pero después de su encuentro en el balcón la noche del aniversario lo que había visto en él había puesto en duda todas sus fantasías.

Las había puesto en duda, pero no había acabado con ellas. Se había mezclado con los nuevos sentimientos, sentimientos adultos e intensamente femeninos, que tenía por él. Sentía lo que tenía que sentir una mujer por un hombre, por el hombre que era su marido, que sería el padre de sus hijos.

Solo de pensarlo le temblaron las piernas y estuvo a punto de caerse al suelo, pero disimuló haciendo una reverencia. No obstante, la respuesta que obtuvo tras hacer aquel gesto no fue la esperada.

—¡No! Una esposa no saluda así a su marido. Incorpórate, mujer. Y recíbeme como me has prometido.

—¿Como te he prometido?

—En la mesa, cuando te he dado a comer la uva.

Aziza lo entendió. O al menos, en parte. Nabil no se refería solo al modo en que había utilizado su nombre, sino a las silenciosas promesas que le había hecho al aceptar la uva de sus dedos y apoyar los labios en ellos.

—He pensado que estabas enfadado, que había hecho algo mal.

Estaba segura de que Nabil se había puesto furioso con ella y que por eso se había marchado tan precipitadamente del banquete, pero seguía habiendo algo extraño en su tono de voz, algo que le advertía que tuviese cuidado.

—¿Debería estar enfadado? —inquirió Nabil—. Dime... ¿has hecho algo mal?

—He pensado que tal vez habías considerado que me tomaba demasiadas confianzas...

—Eres la primera persona, salvo Clementina y Karim, la primera persona que se comporta con normalidad desde...

Estaba pensando en Sharmila. En la mujer que había sido su esposa, su amor, su vida.

Por un instante, a Aziza le costó fijar la vista en la mano que Nabil le tendía para incorporarse. Este le había dado algo y se lo había quitado al mismo tiempo. Durante la ceremonia, Aziza había pensado que, por una vez, era alguien importante. Ya no era «la otra hija», por la que tendrían que dar una gran dote para que se casase.

En ese momento supo que, aunque fuese su esposa, su reina, seguía siendo un matrimonio concertado por el bien del país. La esposa a la que Nabil había amado estaba muerta y nadie podría reemplazarla.

—Me has tratado como a un hombre.

La voz de Nabil se había vuelto más profunda y dura, y sus manos la agarraron con fuerza de los brazos para levantarla.

Nabil se maldijo por haber pensado en Sharmila en esos momentos. Eso le había impedido levantar el velo y ver cómo era su esposa, quién era su esposa en realidad. Tenía que haberlo hecho desde el principio, pero el hecho de haber dudado hablaba por sí mismo de sus propios sentimientos.

Se dijo que tenía que haberse acostado con la criada Zia aquella noche, porque sospechaba que aquella era Zia y que formaba parte de un complot para destruirlo.

–Un hombre al que deseabas. ¿Era cierto?

–¿Si era cierto? –balbució ella–. Sí.

La inmediatez y urgencia de su deseo había sido tal que, evidentemente, Nabil se había dado cuenta, no se lo había podido ocultar. Él era un hombre cuya reputación con las mujeres era muy conocida. Podía jugar todo lo que quisiera, pero debía de ser lo suficientemente tradicional como para esperar que su esposa sí que fuese virgen, inocente. Y ella lo era, cualquier mujer criada bajo el estricto régimen de su padre habría llegado pura al matrimonio.

Pero ¿qué era lo que quería Nabil? Cómo actuaría si admitía lo anterior ante él. Aziza pensó que estaba casada. Se había casado con el hombre más impresionante del mundo y aquella era su noche de bodas. Una noche en la que su marido tenía derecho a hacerla suya. De repente, se sintió insegura. ¿Era posible que Nabil pudiese arrepentirse de su decisión?

–Yo también te deseo.

Las palabras de Nabil la aturdieron de nuevo. ¿Cómo podía desearla semejante hombre?

–Pero... todo el mundo pensaba que... Jamalia...

–¿Tu hermana? –inquirió él–. Es muy bella, sí, pero tú...

Hizo un sonido de impaciencia y añadió.

–Maldita sea, Aziza, odio ese maldito velo.

Tiró de él, pero estaba bien sujeto por horquillas.

–¿Cómo se quita?

–Permíteme...

Aziza se llevó una mano temblorosa a la cabeza y empezó a quitarse las horquillas con las que su madre y su sirvienta le habían sujetado el velo.

–Está hecho para que no se mueva ni se suelte hasta...

Sus dedos se quedaron inmóviles un instante, antes de quitar las dos últimas horquillas. Aziza sintió aprensión al interiorizar lo que estaba ocurriendo, que aquel hombre, su marido, la deseaba a ella y no a su hermana.

–¡Ya está! –dijo por fin, levantando el velo y dejándolo caer elegantemente al suelo.

Entonces se giró y por fin pudo mirar a Nabil a los ojos.

Y entonces vio cómo cambiaba la expresión de este, cómo se ponía completamente tenso y se le apagaba la mirada. Su reacción fue la opuesta a la que Aziza había esperado.

Nabil dio un paso atrás para poner más espacio entre ambos. Aunque era evidente que mentalmente estaba todavía más lejos.

–Nabil... –susurró ella.

Le había dado permiso para utilizar su nombre, o eso creía recordar, pero, cuando lo miró a los ojos y vio tanta frialdad, añadió:

–Señor...

Y volvió a inclinarse ante su presencia para mostrarle el respeto y la deferencia que debía de mostrarle a su jeque.

–Señor... –repitió él con cinismo.

Avanzó de repente, la agarró de la mano izquierda e hizo que se incorporase.

–Señor... –volvió a decir él en tono peligroso.

Aquello pareció agotar las fuerzas de Aziza, que se agachó mientras Nabil estudiaba la mano que le había agarrado y fruncía el ceño al fijarse en el dedo meñique. Era el mismo dedo que había visto aquella noche, en el balcón.

La noche en que ella le había dicho...

–Zia... No eres Aziza, sino Zia –rugió–. Maldita sea, ¡me he casado con la criada!

Capítulo 7

MALDITA sea, ¡me he casado con la criada!».

«¿O no?».

Nabil intentó centrarse, pero le resultó casi imposible. ¿Era posible que se hubiese casado con la criada o...?

—¿Se puede saber quién eres?

Vaya pregunta tan tonta. Sabía perfectamente quién era. ¿O no? No sabía si era Aziza, la esposa que había elegido, o Zia, la criada, pero en cualquier caso no podía desearla más. La deseaba tanto que casi no podía articular una frase entera con claridad.

Se sintió como si le acabasen de dar un golpe en el estómago y el dolor de la frustración hizo que se enfadase todavía más.

—¿Quién soy?

Nabil se dio cuenta de que estaba muy nerviosa y eso le gustó. Se había puesto pálida y sus ojos dorados parecían enormes. Aquellos ojos lo habían embrujado la noche del balcón, se había perdido en ellos. Se preguntó si había sido entonces cuando Zia había planeado engañarlo, aunque era

imposible que una criada hubiese urdido semejante plan. Tenía que haber alguien más detrás de
aquello. La respuesta parecía obvia.

Farouk.

—¿Quién te ha metido en esto?

—Nadie... yo...

Por un instante, Nabil tuvo la sensación de que
Aziza iba a incorporarse, pero después se lo pensó
mejor. No obstante, el movimiento hizo que él
buscase bajo su ropa. Notó el acero frío en los
dedos y volvió a relajarse.

—¿Quién? —repitió.

—Nadie.

La voz de Aziza había ganado fuerza y sonó
desafiante. A Nabil le gustó. No quería verla marchar sin pelear de verdad. Quería enfrentarse a
una oponente de verdad para poder liberar parte
de las emociones que llevaba dentro.

Supo que solo debía sentir ira y traición, que
habían vuelto a engañarlo. Porque aquella no era
Aziza. ¿O sí? No obstante, le inquietó darse cuenta
de que había mucho más. El deseo era solo una
parte.

—Fuiste tú.

—¡Yo! ¿Estás loca, mujer? ¿No estarás diciendo
que yo...?

Aziza, o Zia, se llamase como se llamase, se
cansó de estar en el suelo. Apoyó las manos en él
y se puso en pie, levantó la cabeza, desafiándolo.
Y Nabil pensó que, por extraño que pareciese, era
todavía más vulnerable así.

–Tú me pediste, tú me escogiste para que me casase contigo –espetó.

Nabil recordó, cuando la había visto con Jamalia a través del espejo, el deseo que había sentido por ella.

Y cuando había olido su perfume.

–Yo no te escogí a ti.

Aziza se encogió ante aquel rechazo. Se había sentido tan feliz al pensar que Nabil la había escogido.

Pero en esos momentos estaba diciendo que no había sido así. ¡No la quería! ¿Qué estaba pasando allí?

–Tú pediste a la hermana de Jamalia –consiguió añadir a duras penas.

–Pero me han dado a la criada. ¿Qué es esto, un plan para destruirme?

–No, ¡no! ¿Por qué iba a querer yo algo así?

La idea la horrorizó, se echó hacia delante con los puños levantados, sin pensarlo, y Nabil reaccionó agarrándola de la mano. La hizo girarse y, con la espalda de Aziza pegada a su cuerpo, sacó el puñal que llevaba a la cintura y lo blandió sobre ella.

–¡Nabil, no!

Aziza intentó mirarlo, volverse hacia él, pero se dio cuenta de su error cuando él la agarró todavía con más fuerza y Aziza pudo oír los latidos de su corazón. Entonces, se dio cuenta de lo que ocurría. Tenía que haberlo pensado antes, tenía que haberse dado cuenta, pero ya era demasiado tarde.

Recordó cómo había mirado Nabil hacia la puerta del salón cuando esta se había cerrado de golpe. Recordó el terrible día en que Nabil había sobrevivido al intento de asesinato.

—No te hace falta eso, de verdad.

Aziza se obligó a reaccionar, dejó su cuerpo sin fuerza contra el de él y levantó ambas manos para que Nabil viese que no tenía nada escondido.

—Lo siento, en realidad no soy la criada de Jamalia, y no hay ningún complot contra ti.

O eso esperaba. Su padre parecía contento con el matrimonio. Nunca había dicho nada que indicase que iba a dejar de serle leal al jeque para pasarse al bando rebelde, aunque Nabil parecía sospechar de él.

—Nunca te haría daño, te lo prometo. Fuimos amigos de niños.

«Amigos...».

Nabil tuvo que reconocer que aquella palabra tenía mucho más significado para él del que jamás habría imaginado. Aquella mujer aseguraba que no era la criada de Jamalia y, no obstante, sí que era la misma mujer del balcón. Si realmente se trataba de Aziza, su esposa, la niña a la que había conocido, quería creerla, quería confiar en ella, pero una cosa era querer hacerlo y otra conseguirlo.

Notó su cuerpo suave contra el de él, su cintura estrecha, la curva de sus caderas atormentándolo. Pensó que, como se retorciese entre sus brazos, estaría perdido, pero estaba inmóvil, casi temblando entre sus brazos, parecía aterrada.

–Es cierto que fui amigo de Aziza –dijo–. Hace mucho tiempo.

Había pasado toda una vida. Y en ese tiempo Nabil había perdido todo lo que había creído tener, todo se había roto en minúsculas piezas, era imposible reconstruirlo.

–Y en realidad nunca llegamos a conocernos.

La hizo girar entre sus brazos con un movimiento rápido y la miró a los ojos, pero ya no solo vio desafío en ellos, sino algo más, algo inquietante. Había visto aquella misma expresión en la mirada de un cachorro al que, sin querer, en una ocasión le había dado una patada. A Aziza se le había estropeado el elaborado maquillaje y parecía más pálida y extrañamente vulnerable. También se le había deshecho el peinado y parecía más joven, más amable, se parecía más a la criada de aquella noche en el balcón.

–¿Quién demonios eres? –rugió él, negándose a admitir el efecto que tenía en su cuerpo.

–¡Soy Aziza, de verdad! –protestó ella al verlo fruncir el ceño con escepticismo–. Soy ambas, Aziza... y Zia. Y sí, soy aquella criada de aquella noche, soy la misma. No quise decirte quién era entonces porque sabía que no debía estar allí sola en el balcón, paseándome por tu palacio sin tu consentimiento. ¡Es la verdad!

Parecía inocente. Parecía estar diciendo la verdad. Y el hombre que había en él quería creerla y terminar con aquello. Quería disfrutar de la noche de bodas que había esperado tener, era lo que su cuerpo le estaba pidiendo, que se olvidase de recuerdos oscuros y sospechas y se dejase llevar por la pasión.

Pero Sharmila también le había parecido inocente. Lo habían engañado ya en una ocasión y no iba a permitir que volviese a ocurrir.

—¿Por qué debería creerte?

—Porque te estoy diciendo la verdad. Porque...

Lo miró a los ojos y dejó de hablar, bajó la vista y se mordió el labio. Nabil sintió un impulso casi incontrolable de acercarse más a ella y besarla. La boca se le hizo agua, lo mismo que en el balcón. ¿Cómo era posible que todo hubiese cambiado de manera tan drástica en tan poco tiempo?

—Porque no tienes nada que temer de mí.

Aziza se recordó que ya habían intentado asesinarlo una vez. Volvió a recordar el momento del portazo y la tensión de Nabil, casi imperceptible para los demás. ¿Cómo iba a olvidarlo? ¿Cómo iba a olvidar nadie que había sido víctima de un intento de asesinato?

—Nabil... —le dijo, mirándolo a los ojos, arriesgándose a llamarlo por su nombre, como él mismo le había pedido que hiciese.

Cambió de postura entre sus brazos, sin dejar de mirarlo a los ojos. Lo tenía tan cerca que podía sentir el aire que echaba por la nariz y el roce de la barba en la frente.

—Puedes confiar en mí, te lo prometo. Y te repito que soy Aziza. La esposa que has elegido. La hija de mi padre.

Él guardó silencio, siguió tenso, alerta. La estudió con sus ojos negros, que no revelaban ninguno de sus pensamientos.

—Pero también soy Zia... la criada que conociste aquella noche.

Aziza no supo si la reacción de Nabil era de aceptación o de rechazo. Solo notó que la agarraba con más fuerza y lo vio echar la cabeza ligeramente hacia atrás.

—Estaba en la celebración con mi familia, con mi padre y con Jamalia. Tenía que hacer de acompañante de mi hermana, pero ella no quería tenerme cerca, la estorbaba, y a mí la fiesta no me interesaba. Me dolía la cabeza, necesitaba tomar el aire.

Apoyó suavemente la mano en su brazo, dándose cuenta de lo pequeña que se veía en comparación con su bíceps. Su dedo meñique parecía más vulnerable que nunca, Nabil clavó la vista en él.

—El ambiente era muy agobiante en el salón.

¿Era aquella respuesta una cierta concesión? Al menos, había dicho algo, había roto aquel horrible silencio.

—Tu mano... ¿Qué te pasó?

Él había estado presente cuando se había hecho daño, pero ¿por qué iba a recordar lo ocurrido?

—Ha pasado mucho tiempo, por lo menos quince años. Tú estabas en casa de visita.

—¿Quince años? —repitió él, frunciendo el ceño—. Te caíste del poni.

Lo recordó entonces. Habían ido a montar por el desierto. El caballo de Aziza había visto una serpiente y se había asustado, la había tirado de la silla.

—Tu hermana intentaba que me fijase en ella.

Aquel día, Jamalia había hecho todo lo posible por llamar su atención. Ya entonces, incluso antes de que su padre falleciese y él se convirtiese en jeque, era evidente que Farouk tenía la esperanza de que su hija mayor llamase su atención, y eso mismo era lo que a él no le había gustado. A la que no había visto venir años más tarde, porque había sido mucho más sutil, había sido a Sharmila.

Los recuerdos le hicieron fruncir el ceño.

—Fuiste muy valiente.

Aquello era lo que mejor recordaba. El silencio de Aziza. Cualquier otra niña habría llorado, pero ella había apretado los dientes.

—Mi padre no pensó lo mismo. Pensó que era una tonta, que si hubiese sido mejor amazona jamás me habría caído. Por eso hizo que volviese a casa rápidamente.

Nabil lo pensó y recordó aquello también, había pensado que la habían hecho volver para curarla, pero lo cierto era que no habían querido que nada estropease el tiempo que Jamalia pasaba con el hijo del jeque. No obstante, Nabil todavía se acordaba del gesto de dolor de Aziza, y de su valentía.

—Después de aquello me prohibió volver a

montar, por miedo a que me cayese de nuevo y me ocurriese algo que después le impidiese poderme casar.

A Nabil no le extrañó que jamás le hubiese gustado Farouk El Afarim, aunque no se había dado cuenta de que tenía aquellos recuerdos de él.

Aziza se había roto el dedo entonces y él se había fijado en su meñique la noche del balcón. Así que, sí, aquella era Zia, pero era Aziza también.

—No se me curó bien el dedo.

Él se lo acarició, lo que debía de significar que creía su historia. Era evidente que se había acordado de la joven Aziza y del día de la caída, pero seguía estando tenso.

—Entonces, aquella noche, en el balcón. ¿Por qué me dijiste que eras una criada?

Cuando pensaba en lo mucho que la había deseado, en que había estado a punto de seducirla. Se le volvió a acelerar el pulso, pero el dulce aroma de Aziza le advirtió que no confiase en ella demasiado pronto. Que no olvidase.

Apartó aquello de su mente. Lo único que quería era olvidar. Aunque aquella mujer le estaba despertando muchos recuerdos. Se maldijo, la noche del balcón incluso la había confundido con Sharmila.

—¿Por qué dijiste que te llamabas Zia? —le preguntó con brusquedad—. ¿Por qué no me diste tu verdadero nombre?

—No quería que mi padre se enterase de que

había salido del salón yo sola, y que me había alejado de Jamalia.

Nabil recordó cómo su padre siempre había puesto por delante a Jamalia, y pensó entender el motivo.

–Te dije que me llamaba así porque sabía que no debía estar allí.

–¿Y por qué Zia?

La pregunta hizo que la actitud de Aziza cambiase, que se encerrase en sí misma y se nublase su mirada. Nabil se dio cuenta de que le ocultaba algo. Cada vez que conseguía convencerlo de que no tenía ningún motivo oculto, cometía un error, y él volvía a sospechar.

–¡Dímelo!

–Es solo un apodo. Es como me llama mi familia.

–¿Y esperas que te crea?

–¡Es la verdad! –protestó ella–. Y lo sabrías si escuchases.

Lo miró a los ojos y esbozó una sonrisa.

–Quiero convencerte, señor. Y tiene que haber una manera de conseguirlo.

Capítulo 8

DEJA que te convenza.

Fue una mezcla de ruego y de seducción.

Levantó los brazos de repente y los dejó abiertos, como si se estuviese ofreciendo a él. El movimiento hizo que se le irguiesen los pechos y Nabil se sintió todavía más tentado y tuvo que luchar contra sí mismo para no dejarse llevar sin pensar.

–Sé que piensas que podría estar tramando hacerte daño, pero te prometo que no es así. Regístrame. Hazlo –insistió–. Busca, no encontrarás nada. No llevo ningún arma.

Salvo aquellos enormes ojos y aquella boca suave, generosa, aquellos pechos... Aziza no sabía cómo podía reaccionar Nabil si la tocaba estando tan excitado.

Era Aziza, tenía que ser Aziza, la mujer que tenía todo lo que él había buscado, todo lo que había necesitado para aquel matrimonio. Como hija pequeña de Farouk, aseguraba las ventajas del tratado de paz, la alianza con su padre, el futuro que aquella unión significaba para el país. ¿Necesitaba Nabil hacer aquello?

–Hazlo –repitió Aziza al verlo dudar–. Necesito demostrarte que no he venido aquí a hacerte daño.

Nabil supo que debía registrarla porque la vida le había demostrado que en ocasiones las cosas no eran lo que parecían, que el rostro más inocente y bello podía ocultar un corazón mentiroso y traicionero. Así que, sin soltar el cuchillo, empezó a tocarla.

Se preguntó cómo conseguían los guardias de seguridad hacer aquello sin inmutarse.

La miró a los ojos, vio cómo le habían crecido las pupilas y cómo le pesaban los párpados, cómo se ralentizaba su respiración. Notó su pulso acelerado y la vio echar la cabeza hacia atrás. Y supo que estaba en terreno pantanoso. ¿Acaso no había aprendido nada después de lo ocurrido con Sharmila? Recordó las palabras que esta le había dicho, y que él había pensado que eran fruto del amor y del cariño:

«Ven a mi cama, mi señor, y hazme tu esposa».

–Nabil...

Aziza no podía desearlo más, tenía los pechos erguidos y sentía un cosquilleo entre las piernas. Nabil la estaba marcando con sus manos. Sería suya de por vida.

–Ya ves que no escondo nada –consiguió decirle, a pesar de que tenía la garganta seca y se sentía aturdida por el deseo.

–No...

Nabil parecía estar todavía peor que ella.

–En ese caso, llévame a tu cama y hazme tu esposa.

Nabil juró entre dientes y se quedó inmóvil.

–Basta –replicó en tono frío.

«¿Basta?». Aziza no entendía nada, pero entonces miró su rostro y lo vio completamente duro, frío.

–Hemos terminado.

–Pero si ahora ya sabes que no escondo ningún arma. Sabes que no represento ningún peligro para ti...

–Salvo que eso sea tu arma secreta –contestó él.

–¿Piensas que intentaba seducirte para...?

–No lo intentabas, lo estabas haciendo –la interrumpió él, diciendo aquello como si hubiese cometido el mayor crimen del mundo–. He dicho que hemos terminado.

–Entonces... ¿quieres que me marche? –preguntó, señalando hacia la puerta, que estaba cerrada–. ¿Y permitir que todo el mundo vea que este matrimonio ya ha fracasado? ¿Quieres que mi padre piense que el tratado no tiene ningún valor?

Y que su padre supiese que había tenido razón al decir que su «otra hija» no era la adecuada para casarse con el jeque.

–Como desees –dijo en tono frío.

Se incorporó, levantó la barbilla y se dio la media vuelta. Sin mirar atrás por encima del hombro para ver cómo reaccionaba Nabil, negándose a que se notase que aquello le afectaba, empezó a alejarse de él.

–Un momento –la detuvo Nabil–. ¿Adónde crees que vas?

Y se preguntó a sí mismo si iba a dejarla marchar de allí, echando por tierra todos los motivos por los que había accedido a aquel matrimonio. ¿De verdad iba a poner en peligro la paz y la prosperidad del país y negarle el heredero que tanto necesitaba?

–Has dicho que habíamos terminado. Si es así, no voy a quedarme esperando a que decidas si puedes confiar en mí o no.

No era en ella en la que no confiaba, sino en su padre. Era extraño, pero Nabil recordó en ese preciso momento la primera vez que la había visto, y la caída de aquel poni en la que se había roto el dedo. Debía de haberle dolido mucho, pero ella había seguido erguida, con la cabeza bien alta. Se había convertido en una mujer, pero no era el cambio físico lo que más lo sorprendía, sino su actitud desafiante y su elegancia.

Había pasado tanto tiempo pensando en la niña amable que Aziza había sido que todavía le sorprendía que se hubiese convertido en aquella mujer. Y aún le parecía más increíble que fuese la misma mujer a la que había deseado desde que la había visto en el balcón. Si la dejaba marchar en ese momento, no solo estropearía el tratado y traicionaría a su país. No hacía aquello solo por Rhastaan, aquello era personal.

Pero, en tal caso, la confianza era crucial. Se había precipitado al casarse. Había valorado las ventajas y los inconvenientes de un matrimonio concertado, pero había escogido a Aziza con otras intenciones. Si había aprendido algo después de su matrimonio con Sharmila había sido a ser cauto. Había aprendido que nada era lo que parecía a primera vista.

Podía darse algo de tiempo y jugar sus cartas con cuidado. Pero lo que tenía claro era que no iba a perder a la mujer que más lo había excitado en tantos años, si podía evitarlo.

—¿Te he dado permiso para marcharte?

—¿Necesito tu permiso?

Aziza quería resistirse, deseaba tener la fuerza necesaria para mandarlo al infierno y marcharse, pero supo que no iba a poder hacerlo.

Tenía que demostrarle a Nabil que podía confiar en ella, que no había ninguna conspiración contra él.

—Soy el rey —rugió él.

—Y yo tu reina. ¿O no? ¿O es nulo nuestro matrimonio?

Esperó, lo vio ponerse tenso.

—Querías saber quién soy y ya lo sabes. No soy Zia, pero ya tampoco soy Aziza. Ahora soy la jequesa, la esposa escogida por el jeque, aunque no hayamos consumado el matrimonio.

Él miró hacia la puerta y después volvió a mirarla a ella.

—Hoy me has hecho tu esposa y, por lo tanto, estoy al mismo nivel que tú.

Nabil sonrió con frialdad, de manera peligrosa.

–Tal vez fuera de esta habitación, pero supongo que sabes que el matrimonio hay que consumarlo...

Aziza no pudo impedirlo, se giró hacia él y se quedó helada al mirarlo a los ojos negros. Solo hacía unas horas su joven e incauto corazón había soñado con compartir la cama de aquel hombre y entregarle su cuerpo, porque aquel hombre la había hecho sentirse especial, escogida, querida. Habían creído ver cómo sus sueños de adolescencia se hacían realidad.

En esos momentos la idea la asustaba porque se veía como un mero peón en las negociaciones del tratado. Nabil ni siquiera confiaba en ella y no quería escuchar sus explicaciones.

Después había otro motivo por el que Nabil se había casado con ella. Necesitaba un heredero. ¿Pesaba más aquello que su desconfianza?

–¿Me estás diciendo que ahora sí que me crees? ¿Ya no piensas que quiero engañarte? Entonces, ¿me quedo o me voy?

Él avanzó con paso firme, alzó una mano y le levantó la barbilla para que lo mirase a los ojos, pues Aziza había clavado la vista en el suelo.

–Quédate.

Su sonrisa era heladora. Era la sonrisa de un hombre que sabía que estaba por encima de todo el mundo, que tenía su destino en la palma de la mano.

–Si sales por esa puerta pesará sobre tu reputación y la de toda tu familia, ahora eres mi reina y, como tal, se espera que compartas mi habitación. Y mi cama.

La fría mirada de Nabil abandonó su rostro para clavarse en la puerta de su dormitorio. Aziza pensó en lo mucho que habían cambiado las cosas desde el momento en que había entrado en aquella habitación.

Se le encogió el corazón y se preguntó si en algún momento dejaría de tener sentimientos contradictorios por aquel hombre.

—No te muestres tan afligida, *habibti.*

Nabil sonrió al ver su expresión.

—Me parece que ninguno de los dos quiere precipitarse esta noche. El país necesita un heredero, pero esta noche tendrá que esperar. Ha esperado años, ¿qué más da una noche más?

Nabil supo que no podía dejarla marchar. Lo había sabido nada más verla ir hacia la puerta, pero también sabía adónde lo había llevado su deseo por otra mujer. En cuanto el fantasma de Sharmila se había interpuesto entre ambos todo se había oscurecido.

Al parecer, Aziza y Zia eran la misma persona, pero él todavía no sabía si su encuentro en el balcón había sido tan inocente como ella aseguraba. Sabía lo que quería pensar, pero el pasado le había demostrado que era un tonto, que había estado ciego con las mujeres.

Como rey, necesitaba una reina. Como hombre, necesitaba una mujer. Al ver marcharse a Aziza con la cabeza alta y la espalda recta, con el porte de una reina, no había podido desearla más.

Todavía la deseaba, tanto, que le dolía todo el cuerpo. De hecho, no quería esperar otra noche más.

¡Era su esposa! Lo que quería era llevarla en volandas a la cama y hacerla suya.

¡No! Tenía que esperar, no podía correr riesgos.

—Tenemos todo el tiempo del mundo. Duerme en mi cama esta noche, pero sin mí. Yo me acostaré en el sofá.

—Oh, pero... —balbució ella, sorprendida—. El sofá va a ser demasiado pequeño, e incómodo, para ti. Yo debería dormir en él.

—¿Vuelves a hacer el papel de la criada? —murmuró él sonriendo—. Me siento halagado, pero no te preocupes. He dormido en camas más duras en el desierto, créeme, y sin colchón. Estaré bien.

De todos modos, le costaría dormir sabiendo que tenía a Aziza a tan solo unos metros de allí.

—¿Y supongo que quieres asegurarte de que no intento salir a media noche a reunirme con el resto de conspiradores con los que imaginas que tramo algo? —inquirió ella, levantando la cabeza y desafiándolo con la mirada—. Debe de ser un infierno ser tan cínico con todo el mundo, no confiar en nadie.

—Te acostumbras.

La respuesta sorprendió a Aziza y la hizo callar. Una vez más, se sintió dividida, no supo si le repugnaba aquel cinismo o si le daba pena.

Muy a su pesar, levantó la mano para tocar la cicatriz de su rostro e intentar calmar su dolor.

–Puedes confiar en mí.

–Eso ya lo decidiré yo. Por ahora, las cosas son como tienen que ser.

Sin aviso previo, dio un paso al frente, inclinó la cabeza y la besó. A Aziza se le doblaron las rodillas. Duró solo unos segundos y después se terminó. Nabil se apartó y se giró hacia las enormes ventanas que daban al jardín donde todavía continuaba la celebración de su boda.

–Vete a la cama, esposa –ordenó en tono brusco–. Te veré mañana.

Le dio la espalda y se cruzó de brazos mientras miraba hacia la ciudad. Evidentemente, no iba a pensarlo más, pero Aziza se tambaleó hacia la habitación que había esperado compartir con su esposo esa noche. Aquel beso le había hecho saber que, aunque no hubiese confianza, ni cariño, una caricia bastaba para que le ardiese la sangre en las venas y desease todavía más.

Capítulo 9

HABÍAN pasado seis días desde la boda. Y seis noches desde la noche de bodas que no se había consumado.

Seis días en los que era la reina para todo el mundo, salvo para el hombre que más le importaba. Había estado a su lado durante los seis días de celebración de aquella boda real. Vestida de reina, tratada como reina, pero sabiendo que en cuanto volviesen a sus aposentos, como Cenicienta, se convertiría de nuevo en la criada insignificante que una noche había dicho ser. Para Nabil no era más que una fuente de sospechas. Y Aziza todavía no sabía si en algún momento la iba a rechazar y devolver a su padre para siempre.

Llevaba seis noches en la cama de Nabil, sin él. Seis noches sin dormir, dando vueltas en la cama. Y si se había dormido había sido para despertar poco después con el corazón acelerado tras haber tenido un sueño erótico con él.

Después de seis noches así se sentía fatal, estaba agotada y al borde de un ataque de nervios.

Aquel día habían celebrado el banquete de despedida para todos sus invitados. Ella se había pasado una hora sentada al lado de Nabil, en un ornamentado trono, en un trono en el que sentía que no tenía derecho a estar. Por eso casi no había sido capaz de comer nada. Después había pasado otra hora al lado de Nabil despidiéndose de sus invitados. Al menos así había tenido algo que hacer y le habían servido de algo sus estudios al poder despedir a muchos dignatarios en sus propias lenguas.

Por fin se habían terminado las celebraciones y podía volver a la habitación, donde se dejaría caer en un sillón y quitarse los elegantes zapatos.

–Lo has hecho bien hoy.

La voz, procedente de la puerta, la sorprendió y Aziza levantó la vista. Había pensado que, al terminar los actos oficiales, Nabil buscaría su propio espacio y decidiría dejarla sola.

–Gracias.

¿Estaría tan cansado como ella? Al menos, cansado de ceremonias y rituales. Lo parecía.

–Voy a dejarte descansar –añadió, dirigiéndose al dormitorio.

–Quédate donde estás. He traído esto para ti.

Aziza miró con incredulidad el plato de comida que Nabil le ofrecía. Pequeñas *delicatessen* y algo de fruta. Nada ostentoso, lo que contaba era el detalle.

–Gracias –respondió ella con dificultad.

Al tomar el plato le tembló tanto la mano que pensó que se le iba a caer.

–Me he fijado en que casi no has comido durante el banquete. Y, como todas las noches has desaparecido en la habitación antes de que me diese tiempo a llegar, he pensado que hoy me aseguraría de que comieses algo. Además, yo también necesito esto.

Dejó una jarra de zumo de mango en la mesa y dos vasos, y sirvió el zumo. Aziza lo observó en silencio mientras se quitaba parte de la ropa y después daba un sorbo a su vaso.

—Come —le ordenó él en tono inesperadamente amable.

Aziza bebió primero porque tenía la garganta demasiado seca para comer, pero después empezó a devorar los dulces que casi se le fundían en la boca.

—Está delicioso —comentó, levantando la vista hacia él, lo que fue un error, así que volvió a bajarla—. Y gracias por decir que lo he hecho bien. He intentado hacerlo lo mejor posible.

—Pues lo has hecho todavía mejor —fue su inesperada respuesta, que casi la hizo atragantarse—. No sabía que supieses tantos idiomas.

—Ah, eso —respondió ella riendo—. Si te soy sincera, sé poco más que saludar y dar las gracias, y desearles un buen viaje de vuelta a casa.

—Ellos te lo han agradecido y yo, también.

—¿De verdad? —preguntó Aziza, arriesgándose a levantar la vista de nuevo.

—¿Por qué te muestras tan sorprendida? Seguro que entiendes que te agradezcan el detalle de hablarle a cada uno en su idioma.

—Yo también me he alegrado de poder practicar. Siempre me ha encantado estudiar idiomas. Le rogué a mi padre que me permitiese hacerlo, y aunque no quiso que fuese a la universidad, sí accedió a que me diesen clases particulares en casa.

Nabil frunció el ceño, lo que le indicó a Aziza lo que pensaba de la decisión de su padre.

—¿Por qué no te dejó ir a la universidad? ¿Para qué piensa que he aprobado leyes nuevas para que las mujeres puedan asistir a la universidad?

—Mi padre pensaba que sería todavía más complicado que encontrase marido si se sabía que me gustaba estudiar.

—Tu padre es un idiota.

Ella parpadeó sorprendida al oír aquello, pero le gustó.

—Debería estar orgulloso de ti. Yo me he sentido orgulloso de ti esta noche. Y ayer.

—¿De verdad?

Aziza dejó caer el pastel que tenía en la mano. De repente, tenía un nudo en la garganta.

Nabil la miró a los ojos fijamente.

—Te lo iba a decir anoche, pero desapareciste tan rápidamente que no me dio tiempo, cuando entré en la habitación ya estabas dormida.

—¿Entraste a verme?

—Quería hablar contigo. Y la criada necesitaba tu vestido para limpiarlo.

—Podía haberlo hecho yo.

Se ruborizó, habían estado de visita en un hospital y se le había manchado el vestido mientras visitaba a los pacientes más jóvenes.

–Sé hacerlo.

–Y la criada también sabe. Es su trabajo.

–¿Y cuál es el mío? –preguntó y, al ver que Nabil no respondía, añadió–: No sé cómo ser reina.

Aquel era el motivo por el que Nabil había querido hablar con ella aquella noche.

–Nadie habría podido hacerlo mejor –reconoció.

Tenía un talento natural con todo el mundo. Había sido atenta y cariñosa con los invitados. Y los niños del hospital que habían visitado el día anterior la habían adorado. Se habían subido a su regazo nada más conocerla y le habían manchado el elegante vestido azul, pero Aziza se había echado a reír y no le había importado.

–Te he visto antes de cada evento, estabas nerviosa...

–Aterrada –admitió ella, incómoda–. No me han educado para ser reina, ni para casarme con alguien importante, como a Jamalia, así que he intentado imaginar cómo lo habría hecho tu madre, que era tan elegante...

Nabil intentó evitar reír con cinismo, pero Aziza vio su expresión.

–Es evidente que no conociste a mi madre –le dijo él–. Esperaba que le prestasen atención a ella, nadie le importaba lo más mínimo. Y habría odiado que unos niños le manchasen la ropa, habría mantenido las distancias con ellos.

–Salvo, supongo, contigo, que eras su hijo...

–Veo que no la conocías nada. Tenía estilo, elegancia, sí. La persona que más me recuerda a ella es tu hermana.

–¿Y eso no es bueno? –le preguntó Aziza, mirándolo fijamente a los ojos.

–Mi madre quería ser reina mucho más de lo que deseaba ser madre. Cuando yo llegué, ella ya había cumplido con su deber. Le había dado un heredero al trono. ¡Hecho! Misión cumplida. Así que me dejó al cuidado de una niñera y se dedicó a disfrutar de ser la mujer más importante del país.

–¿Disfrutar? –repitió Aziza, estremeciéndose–. ¿Cómo iba a disfrutar siendo el centro de atención de todo el mundo? ¿Sabiendo que todos observaban sus movimientos?

Parecía horrorizada.

–Al final uno se acostumbra, créeme, Zia, no es tan malo.

–¡No me llames así! –espetó ella.

Odiaba que Nabil la llamase así.

–¿Que no te llame cómo? ¿Zia?

Ella asintió.

–Fue como te presentaste a mí.

–Cuando no quería que supieses quién era.

–Así que no quieres que conozca a Zia, pero... ¿quién es Aziza? La hija de tu padre.

–La segunda hija de mi padre.

Aquello lo intrigó. Aziza vio cómo cambiaba su expresión.

–Continúa, Aziza, continúa –la alentó al verla dudar.

–Bueno, no sé si conoces el síndrome del heredero y el hijo de repuesto. Cuando hay un heredero pero después hay un segundo hijo, por si acaso. Solo por si lo necesitan, en fin, el de repuesto.

–Lo entiendo –le dijo él–. Ha habido ocasiones en las que me hubiese gustado tener un hermano, de repuesto, o para que me hiciese compañía, pero ¿en qué te afecta a ti eso?

–Es una situación que a las hijas nos afecta todavía más. Mi padre siempre quiso tener un hijo, pero no lo consiguió. Tuvo dos hijas, la primera era especial. Tal vez no fuese un varón, pero era una belleza a la que podría casar con facilidad. Jamalia siempre tuvo pretendientes a su alrededor, yo, no. Yo era la segunda hija, una decepción.

–¿Cómo va a considerarte nadie una decepción? –preguntó Nabil.

–Tú mismo lo hiciste, te mostraste horrorizado al pensar que te habías casado con la criada –le recordó.

Él no había dicho que no se hubiese llevado una decepción, pero le parecía normal, dadas las circunstancias, había creído casarse con una reina y, en su lugar...

–Sospechaba que me habían tendido una trampa. No era la primera vez.

Aziza lo vio cambiar de expresión, ponerse tenso.

–Hay conspiraciones por todas partes –añadió él, con la mirada fría, vacía.

–Y pensaste que yo formaba parte de una –comentó Aziza con tristeza–. Pues no.

Para su sorpresa, Nabil no la contradijo. Pareció aceptarlo, asintió.

–No eras lo que esperaba, pero eso no significa que me llevase una decepción. Te quise en mi cama desde que te vi por primera vez. Si quieres saber la verdad, lo que ocurrió es que pensé que eras la criada de Jamalia y por eso no podía casarme con ella.

–¿Nos estuviste observando aquel día?

–¿No pensarías que iba a casarme con Jamalia sin verla antes?

Al ver a Zia había sabido que no quería casarse con Jamalia ni que esta fuese la madre de sus hijos.

–Al ver a la criada me acordé de la hermana de Jamalia, de ti. Si hubiese sabido...

El día anterior había tenido la prueba de que había estado en lo cierto. La mujer a la que no le había importado mancharse la ropa, que había permitido que los niños se le subiesen encima y se había reído, era la mujer que quería que fuese la madre de sus hijos.

Con Sharmila también había pensado que sería así. Había dado la impresión de desear mucho un hijo, por aquel entonces, mucho más que él, pero había sido porque lo había planeado así. Cuando no habían estado en alguna ceremonia, habían estado en la cama. Y a él le había parecido bien al principio, antes de enterarse de lo que había detrás de su aparente pasión. Sharmila había necesitado una tapadera para la traición que ya había cometido.

Lo que esta jamás habría hecho era quitarse los zapatos a patadas y hacerse un ovillo en el sofá, como estaba haciendo Aziza en esos momentos. Nunca habían compartido una velada tranquilamente, como un hombre y una mujer.

De repente, Nabil frunció el ceño, acababa de darse de cuenta de que era probable que hubiese compartido más con Aziza aquella noche que con Sharmila en el tiempo que habían estado juntos. Estaba seguro de que nunca había hablado de su madre con ella.

–Aziza... –empezó, pero levantó la vista y la vio bostezar.

–Estás agotada –le dijo–. Vete a la cama.

Nabil tuvo que hacer un esfuerzo por no precipitarse, estaba decidido a tomarse las cosas con calma.

–Necesitas dormir, Aziza –le dijo, tendiéndole la mano para ayudarla a ponerse en pie.

Ella dudó, luego le dio la mano y le permitió que tirase de ella. Se tambaleó y Nabil estuvo a punto de tomarla en brazos, pero supo que la tentación sería demasiado fuerte. No habría sido la primera vez que se dejaba llevar por la pasión, lo había hecho con Sharmila y se había equivocado. El informe que había pedido estaría listo al día siguiente, podía esperar veinticuatro horas y así estar tranquilo. Además, Aziza estaba tan cansada que habría sido una crueldad no dejarla descansar.

Pero sintió su mano vacía, y su espíritu también, cuando Aziza apartó la suya y se dirigió tambaleándose a la habitación. Cuando la puerta se cerró tras de ella con un ligero golpe recordó que aquella misma noche, un rato antes, mientras se despedían de sus invitados, un coche había hecho un ruido extraño cerca de ellos, él se había puesto ligeramente tenso y entonces los pequeños dedos de Aziza le habían agarrado suavemente la mano y se la habían apretado para reconfortarlo. Había sido solo un instante, hasta que Aziza había notado que volvía a relajarse, entonces había vuelto a apartar la mano y había vuelto a centrarse en la conversación que estaba manteniendo con la esposa del embajador francés.

Podría esperar veinticuatro horas, no más. Más le valía al informe poner lo que tenía que poner. Cualquier otra cosa sería la peor de sus pesadillas.

Capítulo 10

QUÉ hacemos aquí? –preguntó Aziza en cuanto pudo hacerlo.

El día no había transcurrido como ella había esperado. Al despertar, había encontrado a la doncella que Nabil le había asignado en su vestidor, metiendo ropa en un baúl.

–Señora, Su Alteza me ha pedido que le haga la maleta.

–¿Para qué? ¿Adónde vamos?

–Al palacio de la montaña –había respondido una voz masculina y profunda.

La de Nabil.

–¿Por qué?

Nabil no había respondido a su pregunta ni le había dado ninguna explicación durante el viaje.

Aziza se había acostado la noche anterior con la esperanza de haber avanzado algo con él después de la conversación que habían mantenido, pero aquel silencio la agobiaba, le resultaba inquietante. No obstante, en vez de enfadarse delante del conductor había preferido guardar silencio hasta que llegasen a su destino. Así pues, había pasado el viaje muy tensa, sentada junto a su supuesto marido, ocultando cómo se sentía.

Como acababan de llegar al palacio de la montaña, más pequeño y menos formal, y estaba a solas con él en sus aposentos, decidió hablar por fin.

–¿Por qué me has traído aquí? –preguntó, ya que Nabil seguía sin articular palabra.

Este se giró y la miró fijamente.

–Para que podamos volver a empezar.

Aquello la sorprendió, no supo cómo tomárselo.

–Empezar a secas me parece el término correcto. Al fin y al cabo, no hemos empezado nada, ¿no? ¿Por qué piensas que vamos a poder hacerlo ahora? ¿Qué hay de tus sospechas de que formo parte de un complot?

–He comprobado que no es así –respondió él en tono neutro.

–Entonces, supongo que he pasado el examen, ¿no?

–Si quieres verlo así.

–¿Cómo quieres que lo vea? No sabía que tenía que pasar un examen para ser reina, ni que tendría que esperar a que decidieses que merecía tu atención. Al fin y al cabo, fuiste tú quien me eligió. ¿O no?

–Sí –admitió él, aunque no sonó a concesión.

–Ah, me alegro, porque estaba empezando a pensar que habías dejado la tarea en manos de tus ministros.

Nabil frunció el ceño.

—También hiciste eso, ¿verdad? Qué manera tan fría de comportarse.

—Fue una manera racional de tratar el asunto. Al fin y al cabo, este es un matrimonio de compromiso y yo pensé que sabías lo que se esperaba de ti. ¿Te ayudaría saber que has pasado todas las pruebas con nota?

—¿Se supone que es un cumplido?

—Ya te lo dije anoche —respondió él—. ¿O estabas demasiado cansada para escucharme?

Los recuerdos de la noche anterior no eran del todo claros para Aziza. Sabía que Nabil le había llevado comida, que le había dicho que lo había hecho bien. Incluso le había hablado de su madre. Así pues, Aziza se había ido a la cama sintiéndose mucho mejor, pero todavía sola.

—No solo he tenido que investigarte a ti, sino también a tu padre.

—Ah, no te preocupes por eso —le dijo Aziza—. Si mi padre hubiese querido tramar algo, no me habría utilizado a mí. Jamás imaginó que me elegirías, ni me ve capaz de desempeñar el papel. Es probable que te lo hayas ganado solo con haber conseguido que se deshiciese de su segunda hija.

Después de una pausa, continuó:

—Supongo que también has hecho que investiguen a mi hermana, pero no la escogiste a ella. ¿Por qué?

—Pensé que sería obvio.

—A mí no me lo parece.

—Ven aquí y te lo demostraré.

Su sonrisa estuvo a punto de atraparla, pero los recuerdos de la noche de bodas seguían siendo demasiado vívidos, y duros. Aziza no quería volver a caer en la trampa.

—No quiero —respondió, decidida a no dejarle ganar tan fácilmente.

La sonrisa de Nabil aumentó.

—Esposa mía, eres una mentirosa, pero mientes muy mal.

Ella se estremeció.

—¿Te ayudaría que te dijese cómo me siento? ¿Si te contase la verdad de cómo han sido para mí estos últimos seis días?

Nabil pensaba que Aziza estaba allí por su poder, pero lo cierto era que lo que la impedía marcharse era algo mucho más fuerte e inquebrantable.

¿Acaso no se había quedado porque no soportaba la idea de marcharse? Porque, a pesar de todo, seguía manteniendo los sueños de juventud que lo incluían a él. Hubo momentos en los que había creído ver algo más detrás de aquella fachada y había deseado conocerlo mejor.

Había decidido quedarse y llegar hasta aquel Nabil. Demostrarle que lo que lo hubiese convertido en un ser tan cínico podía cambiarse, que podía confiar en ella, pero también había querido quedarse porque lo cierto era que no podía marcharse.

Todavía lo quería, nunca había dejado de estar

enamorada de él. En esos momentos, como mujer adulta, seguía sintiendo lo mismo que de niña, pero de un modo más profundo y complicado. Complicado por el deseo sexual que sentía por él y que nadie hasta entonces había despertado en ella.

Y Nabil lo sabía. No hacía falta que Aziza dijese nada. Se lo demostraba con sus miradas, con su nerviosismo.

−¿Cómo han sido estos seis últimos días? −le preguntó.

Y él la devoró con la mirada.

−¿Tan duro ha sido que me investigasen? ¿Te has cansado de chasquear los dedos para que tus lacayos buscasen algo que pudiese incriminarme? ¿De qué querías culparme, de haberme hecho pasar por una criada para evitar problemas? ¡Supongo que has pasado muchas noches sin dormir planeando y organizando eso!

Para su sorpresa, la respuesta de Nabil fue la contraria a la que ella había esperado. Se echó a reír. Echó la cabeza hacia atrás y rio a carcajadas.

Y ella clavó la vista en su cuello fuerte y en la piel bronceada, en el vello de su pecho.

Desde que habían llegado allí, Nabil se había quitado la ropa que solía llevar cuando estaba en la capital y se había puesto cómodo, con unos pantalones vaqueros y una camiseta. Aziza lo miró de arriba abajo y le temblaron las piernas.

−Es cierto que he pasado noches sin dormir, señora −respondió por fin−, pero no ha sido planeando una investigación.

–¿Entonces?

Nabil se preguntó si de verdad era tan ingenua. ¿Era posible que no fuese consciente del efecto que tenía en él? ¿No se había dado cuenta de que si no podía dormir era porque había sabido que la tenía en la habitación de al lado, en su cama?

–No sabía que no hubieses dormido por las noches. Al fin y al cabo, todas las mañanas, al levantarme, tú ya habías recogido el sofá y estabas en marcha.

–Exacto –dijo él–. ¿Piensas que quería que alguien supiese cómo estábamos? ¿Querías que arruinase tu reputación, que permitiese que supiesen que no confiaba en ti a pesar de no tener pruebas? Si estaba equivocado, y lo estaba, tenía que poder empezar de cero sin que la duda pesase sobre nuestro matrimonio.

–Entonces, ¿qué te impedía dormir? –le preguntó.

–Tú.

Sus ojos color miel lo miraron con tal escepticismo, pero con un rastro de algo especial que Nabil quiso pensar que era interés.

–¿Y esperas que lo crea?

–Es la...

De repente, se quedó sin palabras. Quería asegurarle que era la verdad y nada más que la verdad, pero no iba a admitir que su orgullo herido era en parte lo que le había impedido dormir.

El deseo físico que lo atormentaba ya era suficientemente malo, pero el hecho de saber que había permitido que las sombras del pasado volviesen a envolverlo, cuando se había creído libre de ellas, había resultado ser una mezcla muy tóxica.

Había querido creer en Aziza, en el fondo de su alma había sabido que era inocente, pero había deseado tanto que fuese así que se había obligado a retroceder y esperar. Con Sharmila se había precipitado, con Aziza tenía que hacer las cosas bien si no quería destrozarse a sí mismo y a su país.

–¿Piensas que me fui a la cama tan contento después de aquella noche?

–Fuiste tú quien decidió que debía dormir sola –lo acusó ella.

El orgullo le impidió admitir la verdad, que había cometido un error desde el principio y lo había lamentado muy pronto. La sombra de Sharmila se cernía sobre ellos, y tenía que deshacerse de ella antes de poder pensar en el futuro.

No obstante, se preguntó si habría esperado demasiado, si sería tarde para recuperar a Aziza.

–Lo siento –dijo en voz baja.

Ella parpadeó una vez, pensativa, y después levantó la cabeza y lo miró.

–Yo tampoco he podido dormir –admitió.

–¿Qué me dices?

–¿Qué quieres que te diga, señor? –lo retó ella, alzando la barbilla–. ¿Que solo estaba esperando a que tuvieses esos informes? ¿Acaso tenía elección? ¿No te parece que habría sido más justo, más razonable, investigarme antes de casarte conmigo? Así podríamos haber tenido una noche de bodas sin interrupciones, en paz.

–Sí –admitió Nabil.

Ella sacudió la cabeza y su pelo negro, suave como la seda, le tapó el rostro un instante. Su olor hizo que Nabil se pusiese tenso. Se dijo que podía ordenarla que se acercase a él, al fin y al cabo, era su esposa, su súbdita, pero no quería que las cosas fuesen así. Quería que fuese ella la que se acercase libremente. Quería que lo desease como hombre, no como rey. La sensación era extraña, Nabil sintió una vulnerabilidad que no había sentido nunca antes.

–Entonces, ¿por qué no me investigaste antes?

–Fui un idiota.

Aziza se preguntó cuál de los dos se había movido. Sabía que ella había dado un paso al frente, tal vez dos, incapaz de resistir el magnetismo de su cuerpo sobre el de ella, pero no era posible que se hubiese puesto a su alcance, tan cerca que si alargaba la mano...

Entrelazó los dedos con los de Nabil, fuertes, calientes, y un momento después él la atrajo contra su pecho. Aziza levantó la cabeza y cerró los ojos al notar los labios de Nabil sobre los suyos. Se dejó llevar por la sensación.

Aquel beso no fue como el del balcón. Ni como el que Nabil le había dado la noche de bodas en la habitación. En aquel beso había la emoción de un nuevo descubrimiento, y un anhelo inesperado, irreprimible.

Era un deseo que se había ido gestando durante seis días. La espera, el aislamiento, la separación, lo habían alimentado. Ambos estaban ansiosos, desesperados por terminar lo que habían comenzado la noche de bodas.

Aquello era diferente, pero Aziza no sabía cómo llamarlo. Entonces Nabil murmuró contra su piel y ella se dio cuenta.

–Esposa mía –le dijo, calentándole el cuello con el aliento.

Su voz tenía algo especial que Aziza no había oído hasta entonces y que reconoció al instante.

Confianza.

Y aquello significaba tanto, tanto. Significaba que las dudas que Nabil había tenido de ella al principio, aquella horrible primera noche, habían desaparecido. Confiaba en ella, la deseaba, y Aziza no podía pedir más.

Él la acarició y la besó, la atormentó y le enseñó lo que era ser una mujer deseada por un hombre. Y cómo se sentía una mujer que deseaba tanto a un hombre.

–Esposa mía –repitió Nabil en voz baja antes de tomarla en brazos y llevarla escaleras arriba, a su dormitorio.

Una vez allí la dejó sobre la cama y se inclinó sobre ella, enredó las manos en su pelo y volvió a besarla apasionadamente. Hasta que, de repente, debió de pensar que aquello no era suficiente y empezó a acariciarle todo el cuerpo.

–Llevas demasiada ropa.

Le abrió a tirones la túnica verde de seda que llevaba puesta y dejó sus pechos al aire. Un momento después se la quitó y entonces continuó con los pantalones blancos y la ropa interior.

Volvió a tumbarse a su lado en la cama después de haberse desnudado también y avivó con el calor de su cuerpo el fuego que ya había encendido en el de Aziza. Sus besos se tornaron más íntimos, le acarició los pechos con la boca y se los chupó hasta hacerla gritar de placer.

Después bajó la mano a sus muslos y le acarició la parte más íntima del cuerpo hasta comprobar que estaba preparada para recibirlo.

Entonces, cuando Aziza pensó que no iba a poder soportarlo más, Nabil dudó y la miró fijamente. Sus ojos brillaban de pasión y tenía el rostro colorado, pero se contuvo un instante, haciéndole saber sin palabras lo que pensaba. Estaba teniendo en cuenta su inexperiencia, diciéndose que debía tener cuidado.

Pero Aziza no quería que la tratase con cuidado ni con consideración. No era eso lo que necesitaba.

—¡No! —le ordenó—. No pares ahora.

—Claro que no.

Nabil se colocó entre sus piernas y apoyó la erección contra su cuerpo. Y Aziza se dejó llevar por el instinto y levantó las caderas ligeramente, abriéndose a él hasta que lo oyó gemir, como si la sensación fuese una mezcla de victoria y rendición. Nabil se entregó a la pasión que lo consumía y balanceó las caderas hasta hacerla suya por completo.

El dolor duró solo un instante y Aziza enseguida lo olvidó y se dejó llevar por la pasión. No sabía dónde terminaba su cuerpo y empezaba el de Nabil, lo único que sabía era que estaban juntos y que los dos estaban alcanzando una sensación que ella no había experimentado nunca antes, pero que le hizo sentir que se moriría si no llegaba a ella.

Y unos segundos después sintió que se moría. Del placer que sentía todo su cuerpo. Solo supo que Nabil estaba con ella y que sentía lo mismo, porque dijo su nombre entre dientes, con tono triunfal.

Mucho rato después, la respiración de Nabil se calmó por fin, este la abrazó y ella se hizo un ovillo a su lado, contra su piel.

–¿Estás bien? –le preguntó–. Ha sido tu primera vez.

Aziza tuvo que hacer un esfuerzo para poder hablar. Se preguntó si lo habría decepcionado.

–¿Decepcionado?

Horrorizada, se dio cuenta de que lo había dicho en voz alta.

–¿Cómo ibas a decepcionarme?

–Bueno, yo no puedo compararte con nadie, pero tal vez a ti te habría gustado que fuese más... seductora.

–¿Más seductora? –repitió él como si aquello lo divirtiese–. ¿Para qué?

Pasó una mano grande y fuerte por su cuerpo y Aziza sintió que se derretía por dentro, pero intentó disimularlo. Quiso apretarse más contra su cuerpo y ronronear como un gatito, pero se controló.

—Eres pura seducción en ti misma. Supe desde el primer día que sería así.

—¿El día que me escogiste como esposa o en el banquete de después de...?

—El primer día que te vi —la interrumpió Nabil.

Aziza contuvo la respiración, tuvo que obligarse a volver a respirar.

—Cuando era...

—Zia, la criada o Aziza, mi princesa, te deseé más que a ninguna otra mujer de las que aspiraban a ser mi esposa.

«Pero no más que Sharmila», le dijo a Aziza una vocecilla en su interior. Sharmila había sido su primer amor, la madre de su hijo. La mujer que había muerto entre sus brazos. Ella solo estaba allí por aquella tragedia.

En un matrimonio movido por el amor, como el que Nabil había tenido con Sharmila, aquel habría sido el momento de hablar de amor y felicidad, pero esos sentimientos no tenían cabida en un matrimonio concertado. Lo que ella sintiese por Nabil no importaba, no era correspondida. Al menos había querido casarse con ella. Y la deseaba.

—Yo también siento lo mismo —admitió, haciendo acopio de coraje—. Desde que me besaste.

¿A quién pretendía engañar? Desde mucho an-

tes de que la besase. Su corazón le había pertene-
cido desde el primer día que lo había visto.

–Te quie... –empezó, porque necesitaba decirlo
solo una vez, aunque Nabil no la creyese–. Te
quiero decir que me encantó aquel beso.

Se incorporó sobre un codo y le dio un beso en
los labios. Y después tuvo el coraje de continuar
besando la cicatriz de su rostro.

Nabil cerró los ojos un instante y sus largas
pestañas negras la acariciaron.

–Aziza... –rugió entonces, agarrándola de los
brazos y colocándose encima.

Le separó los muslos con una rodilla y la besó
en los labios apasionadamente.

–¿De verdad piensas que necesito más seducción? –murmuró contra su piel, justo antes de pe-
netrarla–. Solo necesito esto.

Empezó a moverse en su interior e hizo que
Aziza dejase de pensar.

–Yo también –balbució antes de gemir de placer y abandonarse por completo–. Solo te necesito
a ti.

Capítulo 11

QUÉ diferencia después de aquella semana. Aziza bostezó y se desperezó en la cama y notó en su cuerpo el resultado de las largas noches pasadas con Nabil.

Noches largas y apasionadas y días todavía más largos. Nabil nunca había descrito aquel viaje como una luna de miel, pero lo cierto era que se había convertido exactamente en eso. Al fin y al cabo, ¿no eran así las lunas de miel? ¿No se trataba de pasar tiempo juntos, sin que nada los interrumpiera? ¿De tener la libertad de descubrir el placer sexual y disfrutar de las delicias del matrimonio?

Aunque no hubiese amor, al menos, por parte de Nabil. La idea hizo que Aziza se incorporase en la cama. Entonces se dio cuenta de que estaba sola en ella.

Como cada mañana aquella semana, se había despertado sola. Salvo que aquel día todavía no era por la mañana, sino de noche. La única claridad que entraba de fuera era la de la luz de las estrellas que salpicaban el cielo. Una ligera brisa movía las delicadas cortinas a través de la ventana abierta. El resto del palacio estaba inmóvil, en silencio.

¿Dónde estaba Nabil? ¿Qué lo había despertado aquella noche?

Aziza salió de la cama, se puso las zapatillas y un camisón de seda blanco y pisó con cuidado las baldosas de mármol del suelo hasta salir de la habitación.

El soplo de una ligera brisa procedente de una puerta entreabierta le dio una pista de dónde podía estar Nabil. Allí había un balcón, más pequeño y alto que el de la sala de banquetes del palacio real en el que se había encontrado aquella primera noche con Nabil, pero al fin y al cabo un balcón, que le recordó aquella noche mientras se asomaba a él.

–Na... –empezó, pero se interrumpió y retrocedió para no ser vista.

Como aquella primera noche, Nabil estaba apoyado en la pared, mirando hacia el valle, a lo lejos. Se había puesto solo unos pantalones vaqueros y tenía el pecho desnudo y los pies descalzos. La luna le salpicaba los hombros fuertes, cubriéndolos de un halo plateado. Tenía la mirada fija, en un punto lejano del horizonte, y la sombra oscura de su barba no podía ocultar la tensión de sus labios.

Parecía atormentado y solo, lo mismo que aquella primera noche. Entonces, Aziza se había sentido preocupada y había sufrido compasión por él, tanto, que había decidido mostrarse ante él, pero esa noche no se atrevió a hablar ni a llamar su atención de ningún otro modo. No era el momento de aparecer allí.

Sobre todo, cuando lo vio levantar la mano izquierda y llevársela a la cicatriz del rostro.

El fantasma de Sharmila debía de estar atormentándolo después de haberse casado con otra mujer.

Y Aziza no quería arriesgarse a que Nabil le dijese que se arrepentía de la pasión que había compartido con ella. Así que Aziza se dio media vuelta y dejó a Nabil solo.

Tal vez algún día aprendería a manejar los cambios de humor de su marido. Este, tan pronto estaba tranquilo y era atento y considerado, la llevaba a pasear por las montañas o a nadar en la enorme piscina cubierta, como cambiaba completamente de actitud y se encerraba en sí mismo. Aziza tenía la esperanza de ser capaz de llegar a su interior algún día.

Un día después de haber hecho el amor, lo había visto pasarse la mano por el pelo, inquieto, y levantarse.

—¿Adónde vas? –le había preguntado.

—Tengo que cosas que hacer –había respondido él, poniéndose los pantalones que había tirados en el suelo, junto a la cama.

—¿Cuáles? Esta es nuestra...

El término luna de miel habría sido un error, así que no lo había utilizado.

Pero no había entendido cómo Nabil podía desconectar de algo tan bruscamente. Mientras ella había luchado por no quedarse dormida entre sus brazos, él había decidido que ya no quería estar allí.

Y a Aziza le había dolido, pero en su mano estaba mostrarlo o no. Y mostrarlo habría sido abrirse demasiado a él. Para Nabil era solo su esposa de conveniencia, la elegida para su matrimonio concertado. Así que era una locura esperar que en aquella unión pudiese haber amor.

—Eres la criatura más inconsistente que he conocido —le había dicho Aziza en tono de broma mientras él se ponía una camiseta.

—¿Y por qué piensas que soy así? —había respondido él—. ¿Te has parado a pensar qué parte de culpa tienes tú?

—¿Quieres decir que antes no eras tan impredecible?

—Nunca me lo habían dicho.

—¿Piensas que lo habrían hecho? Al fin y al cabo, eres el jeque. ¿Quién iba a arriesgarse a decirle a Su Majestad que tiene muchos cambios de humor?

—Cualquiera diría que hablas de mi padre —había rugido Nabil—. No soy él.

—No, el jeque Omar sí que era de la vieja escuela. Un hombre dominante, que pensaba que las mujeres eran ciudadanas de segunda. En su época, no me habrían permitido sacarme el carnet de conducir.

—¿Sabes conducir? En ese caso, escoge el coche que quieras y será tuyo. Salvo que prefieras que el conductor te lleve a todas partes.

–No, ¡no me confundas con Jamalia! A ella le encantaría tener un conductor a su disposición, pero yo me sentiría atrapada, oprimida.

–En ese caso, no quiero que mi esposa se sienta como una prisionera. No llevo diez años luchando por que Rhastaan llegue al siglo XXI como para permitir algo así.

«Y, no obstante, aceptaste el tradicional matrimonio concertado», había pensado Aziza. Una vez más, le había parecido que Nabil era una mezcla de hombre moderno y primitivo. Solo la idea hacía que a Aziza le ardiese la sangre.

Aquel hombre, despeinado, con una camiseta blanca y pantalones vaqueros desgastados, descalzo sobre la elegante alfombra, con la cabeza arrogantemente alta, podría haber sido cualquier hombre. Pero en sus ojos oscuros había una certeza, la de saber quién era y por qué estaba allí. La de saber cuál era su posición, de poder y de honor. Llevaba aquella ropa informal con la misma elegancia que la que tenía que ponerse para las ceremonias. Era un hombre nacido para ser rey y no necesitaba nada para demostrar que lo era.

–Es cierto que has introducido cambios increíbles –había comentado Aziza en voz baja–. Cambios muy necesarios.

Nabil había asentido con gesto sombrío y a ella no le había extrañado, era un tema delicado. Hablar de las reformas de Nabil era hacer referencia a la rebelión que hubo en el país contra su padre, y que todavía había amenazado con estallar cuando Nabil heredó el trono.

La actitud demasiado anclada en el pasado de su padre había dado pie a aquella rebelión y, posiblemente, al hecho de que Nabil heredase la corona tan inesperadamente pronto, cuando el helicóptero en el que viajaban sus padres se había estrellado contra una montaña y ambos habían fallecido. Por aquel entonces, Nabil tenía diecinueve años.

—¿Te había enseñado tu padre a ser rey?

—Esperaba que aprendiese con el ejemplo. Que esperase y observase.

Nabil no tuvo que hablar de la frialdad y la distancia que había sentido con su padre, no hacía falta.

—Supongo que no pensó que moriría tan pronto y que pensaba que yo era demasiado joven, e inmaduro, para asumir las responsabilidades de un rey.

Se había pasado una mano por el pelo.

—Y pienso que tenía razón. Habría luchado con uñas y dientes contra mi destino si hubiese podido. Mi padre me consideraba irresponsable e incapaz. Supongo que sabes cómo me sentía yo.

Aziza había asentido lentamente, sorprendida de que Nabil hubiese compartido con ella aquella historia.

—La diferencia es que mi padre no me preparó para un matrimonio importante, pero yo no tenía un país que gobernar.

–Si hubiese seguido su ejemplo, una guerra civil habría dividido al país en cuanto llegué al trono.

–Te dejó un legado difícil y peligroso. Y no tenías a nadie con quien compartirlo.

–Pensé que lo tenía, pero me equivoqué –había dicho él, volviendo a pasarse las manos por el pelo.

La rebelión había dado lugar al intento de asesinato. Y todavía amenazaba con cobrar vida. Sin ella, Aziza jamás se habría casado con Nabil, ya que este estaría felizmente casado y sería padre desde hacía mucho tiempo. Como el príncipe Karim y su bella Clementina, Nabil y Sharmila habrían celebrado su décimo aniversario y el príncipe o la princesa estaría a punto de celebrar su noveno cumpleaños. A Aziza se le encogió el corazón solo de pensarlo.

Si eso hubiese sido así, ¿dónde habría estado ella? En aquel palacio, con el rey, su marido, recién levantado de su cama, no. Sin duda seguiría en casa de sus padres, haciendo de acompañante de su hermana y soportando a su padre.

–Tal vez... –había empezado, dudando–. Tal vez deberíamos empezar de cero con eso también. Sé que no he recibido la formación adecuada...

–La formación no lo es todo –la había interrumpido Nabil–. Mi madre creció pensando que algún día sería reina, pero eso no cambió nada a la hora de sus apariciones públicas. Muchas veces ni aparecía cuando debía hacerlo. Estoy seguro de que tú has asistido a más actos oficiales en las últimas semanas que ella en un año.

Nabil le había dicho que lo había hecho bien, y eso le dio valor a Aziza para decir lo que tenía en la punta de la lengua, aunque después de haberlo visto solo en el balcón un rato antes...

—Soy tu esposa, y si puedo serte de ayuda...

Había empezado fuerte, pero la dura mirada de Nabil la acalló. Lo vio asentir lentamente.

—Tal vez... —había respondido, pero entonces había fruncido el ceño—. ¿Qué es esa marca que tienes en el cuello?

Le había acercado un espejo de mano para que se la viese.

—¿Eso? No es nada.

—Pues no estaba ahí anoche.

—No, es de ahora... De tu barba —había admitido ella.

Aziza había pasado la mano por su rostro.

—Lo siento, no quería hacerte daño.

—No duele. No es culpa tuya que yo tenga una piel tan sensible. No te preocupes.

Al verlo tan receptivo, Aziza había aprovechado para añadir:

—Sé por qué te dejaste barba, para ocultar esto —y le tocó la cicatriz suavemente.

Él le había agarrado la mano y se la había bajado con brusquedad.

—¡No!

—Lo siento, no sabía que todavía te dolía.

–No me duele –había protestado él–. Al menos, no así.

El dolor físico se había calmado mucho tiempo atrás, pensó Nabil mientras se frotaba la cicatriz. Los primeros rayos rojizos del amanecer calentaban el balcón en el que se había pasado media noche. Otras cicatrices eran más difíciles de curar. La menor de ellas era la marca del rostro, que tenía porque Sharmila lo había tenido completamente en sus manos. Guiado por una letal combinación de soledad y deseo sexual adolescente que Sharmila había despertado en él, Nabil había sido incapaz de pensar con claridad. Había hecho todo lo que ella había querido y no se había dado cuenta de lo ciego que había estado hasta que no había salido a la luz toda la verdad.

Con Aziza no era así. La había escogido, se había casado con ella buscando la paz y la tranquilidad después de los años de tensión que habían seguido a los errores que había cometido en lo relativo a Sharmila. Había pasado diez años compensando a su país por los errores de su juventud y había pensado que la hija pequeña de El Afarim le ayudaría en su empeño.

Y le daría hijos. El heredero que necesitaba.

En su lugar, se había sentido como en una montaña rusa en la que nada era como él había imaginado. No había imaginado que, después de Sharmila, no podría evitar sospechar de todo el mundo.

Lo que sí tenía claro era que quería tener a Aziza en su cama. Lo había deseado desde el principio, desde que la había visto en el balcón, y en esos momentos, después de compartir con ella su pasión, la deseaba más que nunca. Las noches que habían pasado juntos en el palacio de la montaña no habían hecho más que avivar el deseo. Quería mucho más y lo había encontrado en brazos de Aziza, en su cama, en su cuerpo. Cada noche que pasaba con ella le daba todo lo que necesitaba físicamente, y más. Se sentía completamente lleno con ella y, al mismo tiempo, seguía queriendo más. La necesitaba de un modo que no pensaba poder satisfacer jamás.

En cuanto salía de la cama, quería volver a ella, a sus brazos, a su cuerpo. El deseo bulló en él incluso en aquellos momentos, mientras se apartaba de la barandilla para volver a su lado. Volvió al dormitorio, helado y tenso después de tanto tiempo fuera. Volvió al calor y a la suavidad de su cama. Al calor y a la suavidad de Aziza.

Pero se detuvo en la puerta. Por mucho que desease hacerlo, no podía despertarla.

¿Cuántas noches había ocurrido aquello? ¿Cuántas veces se había quedado allí, viéndola dormir? Con la melena morena extendida sobre la almohada, los ojos cerrados y las largas pestañas acariciándole la dulce curva de las mejillas. Parecía tan joven, tan tranquila, tan inocente. Se preguntó si sus hijos se parecerían a ella. Si por fin tendría un hijo que fuese de ambos. Había pensado que quería ese hijo antes, pero en esos momentos el deseo fue tan fuerte que le encogió el corazón.

Un suspiró se escapó de los labios carnosos y rosados de Aziza, que giró la cabeza y murmuró algo en sueños. Nabil volvió a ver las marcas rojas en las mejillas y en el cuello, y más abajo, en el escote del camisón.

El día anterior se había afeitado bien para no volver a hacerle aquellas marcas. Se había quitado la barba que había llevado a modo de escudo desde la traición de Sharmila, deseando poder dejar atrás el pasado con ella, pero, al parecer, le había vuelto a salir durante el día. No podía escapar de lo ocurrido ni acabar con todo lo que le había ocultado a Aziza.

Deseaba volver a la cama, abrazarla y perderse en su cuerpo, pero aquella no era la respuesta. Dudaba que existiese una. Así que se dio la vuelta lentamente, en silencio, y se marchó. Fue a su despacho, donde siempre tenía documentos que requerían su atención. En el pasado siempre había sido capaz de perderse en sus obligaciones, pero en aquellos momentos no podía dejar de pensar en Aziza. Le había calado muy hondo. Pensaba en ella a todas horas, todo el día, todos los días.

Capítulo 12

HORAS después de esperar despierta a que Nabil volviese a la cama, Aziza consiguió volver a dormirse, y cuando se despertó ya estaba bien entrada la mañana, pero a su lado la cama seguía vacía y tan fría que era evidente que Nabil no había vuelto a ella desde que lo había visto en el balcón. Solo compartía la cama con ella cuando quería, cuando le apetecía tener sexo, y después se marchaba y la dejaba sola.

La idea la hizo sentirse muy vulnerable. Era como si se tratase de un antiguo conquistador que solo visitaba a su concubina por las noches.

Aziza se dijo que no podía permitir que aquello la afectase. Al fin y al cabo, aquel era el motivo por el que estaba allí. Había creído que podría soportarlo, pero cuando pensaba en los avances en su relación con Nabil, no podía dejar de decirse que quería más. Necesitaba más. Era una necesidad que había ido creciendo con el tiempo, lentamente.

Si tenía un hijo con Nabil, su amor por este sería lo primero, estaba segura, pero ¿sería suficiente?

Nerviosa, salió de la cama, tomó una toalla y

fue hacia la piscina para intentar quemar algo de energía. Al llegar allí se dio cuenta de que no había llevado un bañador.

–¿Qué más da? –murmuró en voz alta.

Necesitaba hacer ejercicio, necesitaba hacer algo para dejar de pensar en Nabil. No necesitaba traje de baño. No había nadie que pudiese verla.

Ni siquiera el marido que solo la buscaba cuando quería sexo, pero después la dejaba sola toda la noche.

La idea la hizo tirarse de cabeza y nadar furiosamente hacia el otro borde de la piscina. No dejó de nadar de un lado al otro hasta que no empezó a cansarse, y entonces vio que había alguien sentado en un extremo, con las piernas largas y fuertes metidas en el agua.

–¿Te persigue alguien? –le preguntó Nabil cuando Aziza lo miró.

Su rostro estaba distinto sin barba y la cicatriz que le marcaba la mejilla se veía perfectamente.

–Da la sensación de que intentabas escapar del mismísimo demonio.

Aziza pensó que escapaba de los demonios de su propia mente. Se incorporó en el agua y volvió a hundirse al recordar que estaba desnuda.

–Necesitaba hacer ejercicio.

Tuvo la esperanza de que Nabil pensase que estaba sin aliento por el esfuerzo físico y no por el efecto que su presencia tenía ella. Era evidente que había ido a nadar porque, al contrario que ella, sí que llevaba el bañador puesto. Se dijo que era una tontería avergonzarse de su desnudez cuando Nabil ya había explorado todo su cuerpo.

–A mí se me ocurre una manera mucho más placentera de hacer ejercicio, *habibti*.

Sus ojos negros brillaron con deseo y su sonrisa la acarició.

–¿Ya has cumplido con el resto de tus obligaciones? –replicó ella.

–Te has casado con un rey –le recordó Nabil en voz baja–. Siempre voy a estar ocupado, ya sea de día o de noche.

Aziza pensó que si de verdad fuesen asuntos de estado lo que le impedía dormir por las noches, no habría tenido ninguna queja, pero estaba segura de que era otra cosa lo que lo atormentaba, algún recuerdo. Aziza pensaba saber a quién tenía Nabil en sus pensamientos.

–¿Te sientes desatendida, esposa mía? –le preguntó Nabil, cambiando de tono–. ¿No te presto la suficiente atención?

No la suficiente para alguien que, además de la unión de sus cuerpos, quería la unión de sus mentes y de sus corazones. No la suficiente para alguien que se había dado cuenta de que había querido a aquel hombre desde la niñez y seguía queriéndolo, y de que era un amor que jamás sería correspondido.

–Tú... –empezó, pero no pudo continuar.

Nabil se inclinó y, metiendo las manos por debajo de sus brazos, la levantó. Un momento después la había sacado de la piscina y la había sentado toda mojada en su regazo.

—¡Nabil! —gritó ella un segundo antes de que la besase apasionadamente.

—¿Te sigues sintiendo descuidada, mi querida esposa? —murmuró él contra sus labios—. ¿No he hecho lo suficiente para complacerte?

—No... —gimió ella, que no podía desearlo más.

—Si quieres más, me lo tienes que pedir —susurró Nabil contra su garganta, inclinando la cabeza para probar la suavidad de sus pechos—. Bueno, ni siquiera me lo tienes que pedir...

Aquello era lo que él quería, lo que había deseado nada más llegar a la piscina, justo a tiempo de ver cómo Aziza se quitaba el camisón y se zambullía en el agua.

Se le había acelerado el corazón y se había excitado. Había querido meterse en la piscina inmediatamente, ir detrás de ella y disfrutar de su cuerpo en el agua, pero después había decidido esperar mientras el deseo iba creciendo en su interior.

Si lo que Aziza quería era aquello, podía dárselo. Era lo único que podía ofrecerle porque era fácil. De aquel modo podían comunicarse sin que hubiese dudas ni problemas, él podía olvidarse de todo y disfrutar...

¡No! Por un instante, se puso rígido. Por primera vez se dio cuenta de todo lo que había cambiado desde que aquella mujer había llegado a su vida.

Porque aquello era lo que quería. Aquella sensación de conectar con ella, de estar vivo. No buscaba olvidarse de todo, sino conseguir más. Quería más y lo quería ya.

Lo quería para siempre.

Levantó a Aziza y la sentó a horcajadas sobre él.

–Mi reina –le dijo–. Mi bella reina.

Por algún motivo, aquellas palabras hicieron que Aziza se pusiera tensa, que su mirada se nublase un instante. Y Nabil maldijo al padre que la había hecho sentir como la segunda.

–¿Acaso lo dudas? ¿No te transmite esto lo que siento por ti?

Levantó las caderas y la empujó con la erección entre las piernas, dándose cuenta de que estaba a punto de perder el control. Se contuvo.

–¿O esto? –murmuró contra sus labios entreabiertos antes de besarla apasionadamente–. Mira.

Levantó las manos para que Aziza viese cómo le temblaban los dedos, que estaban deseando tocar todo su cuerpo.

–Sí... ¿Y esto? –le preguntó ella, apretando los pechos contra el suyo.

Fue suficiente para terminar de perder el control y notar que le explotaba la cabeza y dejaba la realidad para entrar en un mundo en el que solo estaba ella, el calor de su cuerpo y el infierno de deseo que estaban creando juntos.

Nabil cambió de postura y metió una mano entre ambos para bajarse el bañador y dejarlo caer a la piscina, y un segundo después, por fin libre de todo obstáculo y presa del deseo, volvió a cambiar de posición para entrar en Aziza.

Se sintió en ella como en casa y estuvo a punto de dejarse llevar, pero supo que a Aziza no le gustaría que lo hiciese deprisa y con fuerza, así que entró y salió de su cuerpo despacio y la notó sonreír contra sus labios.

—¿O te referías a esto? —preguntó ella, tomando las riendas de la situación.

—Aziza... —consiguió responder él, casi sin aliento.

Y ella se echó a reír.

—Ya lo sé —respondió ella, susurrándole al oído—. Créeme, lo sé.

Posó las manos en sus hombros y se apoyó en ellos para calmar el anhelo de su cuerpo, y el de él también.

Hasta que Nabil dijo su nombre y se dejó llevar por completo, notando cómo explotaba al mismo tiempo su mente y su cuerpo.

Mucho rato después, volvió a ser capaz de pensar y recuperó el aliento. Aunque todavía no podía ver ni oír nada que no fuese la acelerada respiración de la mujer a la que tenía sentada encima, con la cabeza apoyada en su hombro y los músculos internos todavía abrazándolo.

—Y ahora...

Fue lo único que Nabil fue capaz de decir. Solo podía pensar en ella, en Aziza, su esposa, la mujer que le había hecho olvidarse de todo, salvo de su presencia.

—¿Ahora entiendes por qué te elegí?

Respiró profundamente varias veces.

—Y pensaban que iba a escoger a tu hermana.

Aziza apretó los labios de repente y levantó la cabeza.

–Habría sido un idiota si hubiese hecho eso, siendo tú toda una mujer.

Cambió de postura y le gustó la sensación porque Aziza seguía pegada a su cuerpo, abrazándolo con las piernas. Le acarició los hombros y la espalda, bajó hasta las caderas.

–Tienes las curvas donde tienen que estar.

Ya la deseaba otra vez.

–Son las caderas perfectas para tener hijos.

Demasiado tarde, se dio cuenta de que Aziza se había quedado fría y de que su actitud era distante. Volvió a acariciarle las caderas, pero ella lo apartó.

–¡No! –exclamó, intentando ponerse en pie.

Él intentó agarrarla, pero no pudo.

–¡No! –repitió ella, echando a correr por el pasillo con la cabeza agachada y el pelo cubriéndole el rostro.

Nabil se preguntó qué le pasaba y se dio cuenta de que tenían que hablar.

Capítulo 13

LAS caderas perfectas para tener hijos». Aziza no pudo sacarse aquello de la cabeza mientras volvía a su habitación, a la habitación de Nabil.

Porque en aquel matrimonio no había nada suyo, todo era de Nabil. Ella solo estaba allí por un motivo, para darle herederos al rey. Por eso la había elegido a ella en vez de a su hermana. Estaba segura, así que no sabía por qué esperaba algo de él. El problema era que estaba enamorada.

Había pensado que solo el hecho de haber sido la elegida le bastaría, pero en esos momentos se dio cuenta de que quería más. Necesitaba ser la primera en ocupar el corazón de alguien, pero sabía que terminarían rompiéndole el suyo.

Se dijo que tenía que recuperar la compostura. Estaba segura de que Nabil no tardaría en ir a buscarla y no podía permitir que se diese cuenta de lo mucho que le habían disgustado sus palabras. De camino al baño, cuya puerta podía cerrar por dentro, tomó una túnica color bronce y unas mallas negras que había encima de una silla, junto a la cama.

Allí al menos podría tomarse el tiempo de mejorar su aspecto, se dijo, mirándose al espejo y descubriendo horrorizada que estaba despeinada y tenía ojeras.

Se duchó rápidamente, se secó, se vistió, se arregló el pelo y entonces oyó pasos en el dormitorio. Un segundo después, Nabil llamó a la puerta del baño con tanta fuerza que casi tembló toda la habitación.

—¡Aziza! Sal. ¿Qué demonios estás haciendo ahí?

—He pensado que debía vestirme —respondió ella, abriendo la puerta y apoyándose en el marco con fingida tranquilidad.

No quería que Nabil se diese cuenta de cómo se sentía.

—De repente me ha dado miedo que alguien pudiese vernos.

—Muy de repente —respondió Nabil—. Debes saber que nadie va a molestarnos sin mi permiso.

—Por supuesto. Para ti siempre ha sido así, pero yo no estoy acostumbrada a tener semejantes privilegios en mi vida. Y me ha puesto... nerviosa. Me ha dado vergüenza.

Al parecer a Nabil no le daba ninguna vergüenza, porque seguía desnudo, tal y como lo había dejado. Estaba despeinado y ella pensó en cómo había enterrado los dedos en su pelo negro mientras hacían el amor. Él debió de pensar lo mismo, porque su mirada se oscureció y esbozó una sonrisa.

–Pues yo no he tenido la sensación de que te diese vergüenza –comentó.

–¡Si en ningún momento has pensado en mí! –replicó Aziza.

–No podía pensar en otra cosa. ¿Cómo iba a pensar en otra cosa teniéndote encima, estando dentro de ti?

–¡Nabil! –protestó ella, pasando por su lado y apresurándose a cerrar la puerta.

–Ahora sí –dijo él riendo–. He visto las hordas de criados arremolinados junto a la puerta.

–¡Podía pasar alguien por el pasillo! Y prefiero que tratemos los temas personales en privado.

Se giró y se dio cuenta de que estaba atrapada. Tenía a Nabil justo en frente, tan cerca que casi podía notar el calor de su piel y aspirar su olor a limpio.

–¿No deberías vestirte?

–¿Por qué? –inquirió Nabil–. ¿Porque tú estás vestida? Te aseguro que es algo que pretendo remediar, Zia.

Nabil se dio cuenta de que ella se estremecía al oír que la llamaba así.

–¿Qué problema tienes con ese nombre? –preguntó, a pesar de estar seguro de conocer la respuesta.

–Es el que utilizaba siempre mi padre. Bueno, mi padre primero y después el resto de la familia.

Y era evidente que no era un apelativo cariñoso.

A Nabil nunca le había gustado Farouk. Era un hombre duro, con la mirada fría y el corazón probablemente aún más frío. Un hombre siempre pendiente de lo que podía sacar de cualquier situación. Si Nabil hubiese podido casarse con la hija de otro hombre para asegurar la paz, lo habría hecho, pero entonces habría perdido la oportunidad de tener a Aziza en su cama, y en su vida.

—No permitas que eso te afecte. Tienes un nombre muy bonito. ¿Por qué no usarlo?

—Un nombre muy bonito. Aziza significa precioso, especial, bello. Para mi padre yo no era nada de eso.

Se enfadó solo de pensar que toda su vida la habían tratado como a la segunda hija, la sobrante, la decepción.

—Sé cómo te sientes y no te preocupes, que para mí siempre serás Aziza.

Tal vez le hubiese atraído la mujer que se había presentado como Zia, pero Aziza había encajado en su vida como si hubiese sido la única pieza que faltase en un puzle.

—Yo te elegí. Y a mí no me has decepcionado nunca.

La mirada de Aziza se iluminó ligeramente, pero solo un instante después volvió a nublarse.

—En la cama.

—¿Acaso no es lugar en el que debe estar una esposa?

—Y ser la madre de tus hijos.

—Naturalmente. De hecho, te escogí pensando en mis hijos. Tú serás la madre que van a necesitar.

Aziza se preguntó si debía responder a su sonrisa, pero no se vio capaz. Nabil le había dejado claro que la había elegido con la cabeza, no con el corazón. Porque lo excitaba y porque le parecía una mujer fértil.

—Como reina, y como madre de mis herederos, te daré el honor que te mereces. Cuando quieras algo, no tienes más que pedírmelo.

Como madre de sus herederos.

—¿Cualquier cosa?

—Si lo que buscas es amor, no te lo voy a poder dar porque no tengo —respondió él—. Y si lo sintiese, no lo sabría.

Le había dejado las cosas muy claras, pero Aziza insistió.

—¿Quieres decir que no tienes corazón?

Él se echó a reír, pero fue una risa triste.

—Lo perdí. Y aprendí a utilizar bien la cabeza a partir de entonces.

Estaba hablando de Sharmila, por supuesto.

—Pero utilizando la cabeza sé que te deseo. Desde que te vi no he mirado a ninguna otra mujer. Quiero que formes parte de mi vida, que estés en mi cama. Hace menos de una hora que he estado dentro de ti y vuelvo a desearte como si llevase meses esperándolo.

Lo dijo como si fuese el mayor cumplido del mundo. Y tal vez para él lo fuese. La deseaba más que a ninguna otra mujer y tal vez para otra aquello hubiese sido suficiente, pero Aziza no sabía si iba a serlo para que aquel matrimonio sin amor sobreviviese.

Tendría que conformarse con eso. Nabil no podía ofrecerle más. Había sido totalmente sincero al respecto.

Y, en cierto modo, era un cumplido. Nabil la deseaba, el rey la deseaba. No era culpa suya que ella quisiese más, que quisiese que la amasen.

¿Cómo iba a pedirle a Nabil algo que no podía darle? Si quería a aquel hombre, tenía que aceptarlo como era.

Era el momento de dejar de buscar y enfrentarse a la realidad. Y la única manera de hacerlo era responderle en la misma línea en la que él le había hablado.

—Por supuesto, eres rey, y tienes que pensar siempre en tus obligaciones, en tu país y en tu pueblo —le contestó—. Aquí te has distraído y te has apartado de las cosas que necesitan tu atención. Pienso que deberíamos volver a Hazibah de inmediato. Al fin y al cabo, allí podrás cumplir con tus funciones mejor. Y todo lo demás...

Lo miró de arriba abajo, deteniéndose a propósito debajo de la cintura. Si él podía reducir su relación al sexo, ella también podría hacerlo.

—Da igual dónde estemos —continuó—. Puedes seguir cumpliendo con tus obligaciones como marido y yo...

Era como si a Aziza le acabasen de dar un golpe en el estómago y no pudiese respirar con normalidad.

—Y yo puedo ser la esposa que deseas y la reina tanto allí como aquí.

Se dijo que aguantaría. Tenía que hacerlo. Nabil le estaba dando todo lo que le podía dar.

Sería su reina y la esposa que deseaba. Si necesitaba más de lo que él no le podía dar era solo su problema.

Capítulo 14

DE VERDAD podía seguir adelante con aquello tal y como se había prometido? Aziza no podía dejar de darle vueltas a la cabeza, por mucho que lo intentase.

Se dijo que aquel era el matrimonio que había esperado tener, que aguantaría y que no pediría más, pero con el paso de los días había empezado a tener dudas.

Nabil le había dado todo lo que le había prometido. Ella lo acompañaba en los momentos en los que su presencia era necesaria y después podía hacer lo que quisiese en su tiempo libre. Él la había apoyado cuando Aziza había sugerido que había que mejorar la educación para las niñas en todo el país, y Nabil la llamaba sin dudarlo cuando necesitaba que le hiciesen alguna traducción. El coche que le había prometido estaba aparcado delante del garaje de palacio y también le había regalado un caballo árabe gris que era precioso para que pudiesen salir a montar juntos.

Por el momento no parecía que hubiese un

bebé en camino. Y si bien Nabil no había hecho ningún comentario al respecto, debía de esperar la noticia todos los meses y miraba su cintura cuando aparecía en algún evento público, lo mismo que el resto del país, intentando descubrir algún indicio de que estaba embarazada.

Y Aziza casi podía oír los suspiros y gemidos de decepción cuando se hacía evidente que no estaba embarazada. Aquel día, según su diario, tenía un retraso. No estaba completamente segura, pero tal vez fuese la primera y más importante señal de que por fin había cumplido con su deber hacia su marido. Se preguntó si pronto podría comunicarle la noticia de que iba a darle el tan ansiado y esperado heredero.

Tal vez, cuando Nabil tuviese la seguridad de que el heredero venía de camino, daría el paso final y la coronaría oficialmente como su reina.

Oyó un ruido en la puerta y al girar la cabeza vio la imponente figura de su marido. Era extraño que fuese vestido de manera tan informal a aquella hora del día. Llevaba vaqueros, una camiseta ancha y botas de montar. Aziza se ruborizó, segura de que Nabil era capaz de leerle el pensamiento. No podía contárselo hasta que no estuviese segura, pero por suerte Nabil no percibió la culpabilidad que sentía.

–Scimitar necesita hacer ejercicio –le dijo, refiriéndose a su semental favorito–. Y yo también. He venido a invitarte a venir a montar conmigo.

Aziza se puso en pie al instante y fue a cambiarse de ropa para acompañarlo a los establos. Ya se haría la prueba de embarazo al día siguiente.

–¿Adónde vamos? –le preguntó cuando ya habían montado y vio que dejaban la capital para ir en dirección al desierto.

Un pequeño grupo de guardaespaldas los seguían a cierta distancia, pero era como si estuviesen solos. Todo lo solos que podían estar siendo Nabil el rey.

–He pensado que podríamos ir al oasis.

Nabil tenía la esperanza de que el ejercicio y el aire fresco le calmasen los ánimos. Había intentado trabajar toda la mañana, pero le había resultado imposible concentrarse. Solo de pensar en el día que era lo había desestabilizado completamente.

Diez años antes había empezado el día como cada mañana y lo había terminado sin nada. Sin esperanza. Sin tan siquiera confianza.

Y no soportaba la idea de quedarse en palacio y recordar todo lo ocurrido, a Sharmila en sus brazos, embarazada. Aunque todavía era más duro recordar lo ocurrido cuando había vuelto a sus habitaciones, después de haber corrido al hospital en ambulancia, cuando el silencio lo había invadido todo y solo había tenido los fragmentos de su futuro hechos ceniza a sus pies.

No había querido volver a palacio, ni a su habitación, aquella noche.

—Ambos necesitamos relajarnos un poco y pasar tiempo a solas. En la corte todo el mundo nos observa y espera noticias.

—¿Tú también te has dado cuenta? —le preguntó ella, ruborizándose.

—A mí también me observan —le dijo él, intentando tranquilizarla—. Me observan y se hacen preguntas.

Nabil sabía que las dudas recaían más sobre Aziza, que llevaba semanas más callada y encerrada en sí misma. Tal vez aquella pequeña excursión la ayudase a relajarse.

—Estoy seguro de que ambos nos sentiremos mejor lejos de la presión, donde podamos ser nosotros mismos.

Aziza sonrió abiertamente y Nabil se dio cuenta entonces de lo mucho que había echado de menos esa sonrisa en los últimos días. No había podido evitar darse cuenta de lo preocupada que parecía.

—Podemos dejar de ser el jeque y su reina para ser solo un hombre y su esposa.

Dijo aquello para tranquilizarla, pero se dio cuenta de que él también lo deseaba. Quería que todo volviese a ser como durante los primeros días de su luna de miel.

Tal vez así pudiese dejar de sentir que había cometido un terrible error al elegir a Aziza para ser su reina. Había querido todo lo que esta había representado en sus recuerdos: amabilidad, cariño, comprensión, para sus hijos. Y había querido tener su sensualidad y su lozano cuerpo en la cama, pero no se había parado a preguntarse si estaría preparada para ser reina y para la falta de privacidad, para ser el centro de atención, para las exigencias públicas.

No había estado preparada para ello.

Sharmila le había enseñado que era mejor que estuviese solo y él se había convencido de que lo prefería así, pero en esos momentos pensaba de manera diferente. Aziza le daba la paz y la tranquilidad que necesitaba incluso en el día más complicado.

Ella también había crecido, había cambiado. La niña que le había preguntado si era posible acostumbrarse a ser el centro de atención se enfrentaba a multitudes y saludaba como una verdadera reina. Y a él le hacía las cosas más fáciles. La atención en esos momentos era compartida. Todo el mundo quería ver a su nueva consorte. Lo apoyaba, le daba fuerzas en silencio, y cuando por las noches volvían a su habitación era una amante apasionada. ¿Habría hecho bien casándose con una joven dulce e inocente y sometiéndola a tanta presión?

–¿Te apetece nadar?

La pregunta sorprendió a Aziza. Nabil había estado en silencio todo el camino, absorto en sus pensamientos, como si no la tuviese al lado.

Así que lo último que esperaba Aziza era que le hiciese aquella pregunta nada más desmontar.

—Me encantaría, pero no he traído bañador.

—Eso no te importó la última vez —comentó Nabil en tono divertido.

—Pero no estábamos rodeados de guardaespaldas. ¿No les podemos pedir que se marchen?

—Ojalá —admitió Nabil—, pero sí puedo ayudarte en otra cosa.

Buscó en las alforjas del caballo y sacó un traje de baño color jade y se lo lanzó a las manos.

—Y si ahora te preocupa dónde cambiarte...

La tomó de la mano y la llevó en dirección contraria a donde estaban sus hombres, detrás de una enorme roca donde había una gran tienda de color negro justo al pie del agua.

Aziza se dio cuenta de que era mucho más que un lugar donde cambiarse. Una bonita alfombra cubría el suelo del desierto. Había divanes bajos repletos de mullidos cojines y varias mantas.

—¿Qué planeas? —preguntó, mirando a Nabil.

—No planeo nada —respondió él—. Ya está todo organizado.

—¿Vamos a quedarnos aquí esta noche?

—Y dormir bajo las estrellas...

Nabil hizo un gesto señalando el techo de la tienda, en el que había bordadas cientos de estrellas.

—Los guardaespaldas tienen orden de guardar las distancias.

–Solos tú y yo –suspiró Aziza, sonriendo al pensar en estar lejos del protocolo de la corte y ser solo un hombre y una mujer, como había dicho Nabil.

Se quedó con aquello en mente toda la tarde. Nadaron en el agua fresca y clara del oasis y después cenaron junto a una hoguera la comida que habían llevado.

Después Nabil tomó su mano y la llevó hacia la oscuridad y la privacidad de la tienda.

Los dos solos.

Era tarde cuando por fin se quedaron dormidos, agotados. Hasta que a Aziza la despertó un movimiento brusco, una voz.

–No... ¡No!

Era la voz de Nabil, que sacudía la cabeza de un lado a otro sobre la almohada.

Ella se despertó al instante, se sentó y se dio cuenta de que estaba muy tenso.

–¿Nabil?

Le tocó el brazo, pero eso pareció inquietarlo todavía más.

–Sharmila, no –dijo.

Y aquel nombre la dejó helada. Fue como si hasta su corazón se hubiese detenido y no pudiese respirar.

Vio un hilo de luz por debajo de la tienda y supo que estaba amaneciendo. Era la primera vez que Nabil se quedaba toda la noche a su lado, pero Aziza tuvo que enfrentarse al hecho de que había estado soñando con su primera esposa, su primer y único amor.

Capítulo 15

AZIZA no pudo evitar pensar en lo que Nabil le había dicho, que había perdido su corazón y a partir de entonces había empezado a utilizar la cabeza. Los ojos se le llenaron de lágrimas y parpadeó con fuerza para no derramarlas.

Al fin y al cabo, lo había sabido desde el principio. Se había dicho a sí misma que podía aceptarlo. ¿Por qué le molestaba tanto entonces?

Porque era posible que estuviese embarazada y que fuese a darle a su marido lo que más quería. Podía tener su pasión, su trono, a su hijo, pero jamás podría tener su amor.

—¿Aziza?

La voz de Nabil interrumpió sus pensamientos y entonces lo vio sentado, con la mirada un tanto perdida y el ceño fruncido.

—He estado... —comentó, confundido—. Eres la primera mujer con la que consigo pasar toda la noche desde que...

Nabil no podía creerlo. Las pesadillas nunca le permitían dormir toda la noche.

—Has dicho... has hablado de tu esposa.

—Sharmila —dijo él—. Sí, estaba ahí.

–Supongo que era inevitable en un día como hoy. Imagino que habrás pasado todo el día pensando en ella –comentó Aziza en voz baja, tranquila, como un bálsamo para sus heridas.

Era como si supiese y comprendiese de verdad lo difícil que le era deshacerse de las sombras de sus errores pasados. Por eso se había casado con ella. Aquello era lo que había visto en la joven Aziza y había esperado encontrar en la mujer adulta. Por eso la había querido como madre de sus hijos, y como compañera. Traía paz a la oscuridad de su alma.

–¿Te has acordado? –le preguntó, agarrándole la mano y llevándosela a los labios mientras ella le tocaba con un dedo la cicatriz del rostro.

–Debes de echarla de menos.

–¿Echarla de menos? –replicó él al instante–. En absoluto...

Ella echó la cabeza hacia atrás, sorprendida por su respuesta, y Nabil se dio cuenta de que tenía que contarle la verdad. No quería que pensase que era un héroe, cuando en realidad había sido débil y había estado ciego.

–Pero la querías.

–Ya te he dicho que no sé amar. La deseaba, eso sí. Tenía diecinueve años y las hormonas revolucionadas. La deseaba como un loco, y ella a mí. O eso pensaba yo.

A Aziza le incomodó el rumbo que estaba tomando la conversación. Bajó la vista a sus manos, a la alianza de oro, y volvió a levantarla para clavarla en su rostro. Su mirada lo incomodó.

–Por aquel entonces no te habría gustado, Aziza –le dijo Nabil con toda franqueza–. Ni siquiera me gustaba a mí mismo. Era joven y egoísta. No sabía lo que era realmente importante. De repente, me había convertido en el rey de Rhastaan, lo que nunca quise ser. Yo lo que quería era mi libertad, disfrutar de la vida. No quería atarme. Ni casarme. Mucho menos con una mujer a la que había elegido mi padre.

–Clementina...

–Sí, Clementina. Quería mi libertad y por eso rechacé a una joya de mujer.

Fue entonces cuando Aziza puso la mano sobre la de él y Nabil se dio cuenta de que estaba agarrando la manta con mucha fuerza.

–Clemmie se merecía a alguien mucho mejor que yo. Se merecía a un hombre como Karim, a un hombre de honor. Yo estaba vacío. Existía solo porque mis padres habían necesitado un heredero, no porque quisiesen un hijo. En realidad no formaba parte de su relación. Así que cuando conocí a Sharmila y ella mostró interés por mí, pensé que había encontrado un hogar, pero pronto me di cuenta de que estaba equivocado, aunque no supe cuánto hasta que, contigo...

–¿Conmigo? –preguntó ella con voz temblorosa, mirándolo a los ojos.

–Contigo he sentido más paz que nunca antes.

Era la verdad. Era mucho más de lo que había esperado, pero en esos momentos la vio cambiar de postura, nerviosa, y se preocupó.

–¿Qué te pasa, Aziza? –le preguntó.

—No me pasa nada —respondió ella en tono poco convincente—. De hecho, es lo que querías. Estoy embarazada.

No parecía tan contenta como Nabil había esperado, pero era normal porque todo aquello era nuevo para ella. No importaba, él estaba feliz por los dos.

—Embarazada —repitió satisfecho—. Gracias al cielo.

Se inclinó hacia delante y le dio un beso en los labios, transmitiéndole la alegría y el orgullo que sentía en esos momentos. Por fin sería el rey que Rhastaan necesitaba, y con Aziza a su lado podría reparar todas las tonterías que había hecho en el pasado.

Sus dudas habían resultado innecesarias. Aziza se quedaría a su lado. Era cierto que se quedaría por el niño, no por él, pero por el momento era así. Al fin y al cabo, su matrimonio había sido acordado para asegurar la paz del país. Aziza no tenía muchos motivos para estar con él, pero aquel era suficiente. Mejor que ninguno.

—Es la mejor noticia del mundo —le dijo, tomando sus dos manos y apretándoselas—. Para el país, para ti...

—Y para ti. Supongo que dudabas de que pudiese darte un hijo —admitió ella dolida, tensa—. Al fin y al cabo, tú no podías tener ningún problema, ¿no? Porque Sharmila se quedó embarazada enseguida. Supongo que te preocupó que a mí no me ocurriese lo mismo.

Él juró entre dientes.

—No tomes aquello como ejemplo porque Sharmila ya estaba embarazada el día que nos casamos. De otro.

—¿Qué? —preguntó ella sorprendida—. ¿Qué estás diciendo?

—Que el hijo de Sharmila no era mío. Yo pensaba que sí, pero el análisis forense...

Se pasó ambas manos por el pelo oscuro.

—Sharmila formó parte de la conspiración desde el principio. Era la sobrina de Ankhara —dijo, y su voz se ensombreció al mencionar al líder de la rebelión—. Se aseguraron de que rechazaba a Clementina y después pensaban matarme a mí y que se quedase Sharmila, que supuestamente estaría embarazada del heredero al trono, pero... Todo salió mal.

Aziza no tenía palabras. No sabía qué decir. Y cuando la mirada atormentada de Nabil se clavó en su rostro, no pudo ni pensar. Le dolió el corazón solo de pensar en lo que le había ocurrido a aquel joven que, por aquel entonces, era poco más que un niño y que no había tenido ni siquiera el amor de sus padres.

Lo único que pudo hacer fue agarrarle las manos para comunicarle que lo comprendía.

—Es la primera vez que se lo cuento a alguien —admitió Nabil—. Ni siquiera lo sabe Clementina.

—¿Por... por qué a mí?

Nabil hizo una mueca e hizo con las manos un gesto de resignación.

–No puedo confiar en nadie más, solo en mi reina.

Después de decir aquello, apartó las sábanas, se levantó y la hizo levantarse también.

–Vístete, esposa –le dijo–. Es hora de volver a palacio, tenemos que organizar tu coronación. He esperado demasiado tiempo a hacerlo. Ha llegado el momento de que seas mi reina de verdad.

Nabil fue hacia la puerta de la tienda para abrirla, así que no vio cómo se nublaba la mirada de Aziza y esta se limpiaba las lágrimas de los ojos con ambas manos.

Nabil había dicho que era la mejor noticia del mundo para el país y para ella. Era comprensible que el país fuese lo primero, pero a Aziza le sorprendía que Nabil no se hubiese incluido en la ecuación. Ya iba a coronarla, tal y como ella había sospechado, porque había cumplido con su deber de darle un heredero.

Era el momento de enfrentarse a la pregunta a la que llevaba demasiado tiempo dando vueltas. ¿Podía soportar ser su reina, la madre de su hijo, y nada más?

Nabil no sabía que, para ella, ser reina no significaba nada, que lo que de verdad quería era su amor, ser la reina de su corazón.

Y, al parecer, era lo único que jamás podría ser.

Capítulo 16

DÍA de la coronación.
Aziza pensó que casi se podía oler la emoción que había en el ambiente, apartó las sábanas y se acercó a la ventana.

Rhastaan tenía nueva reina y un nuevo heredero en camino.

No, no era así. Un nuevo heredero venía en camino y por eso había una reina nueva en Rhastaan, la idea la hizo sentirse mal y cerró los ojos.

Todavía no habían anunciado oficialmente su embarazo, pero ella sabía que Nabil solo había decidido coronarla porque estaba embarazada y quería compensarla por ello.

Nadie, mucho menos su marido, sabía lo poco que le importaba semejante compensación y cuánto deseaba algo mucho más sencillo: el amor del hombre que le había robado el corazón de niña.

Pero todo había cambiado. Incluso la manera de dormir. La noche anterior, Nabil había dormido en otro lugar, la había dejado pasar la noche sola.

–Duerme bien –le había dicho, dándole un beso en la frente–. Quiero que mañana tengas buen aspecto para la ceremonia.

Se acercó a tomar el vestido dorado que tenía que ponerse. Tenía unos bordados preciosos y estaba adornado con diamantes y rubíes en el escote.

Había salido desnuda de la cama y se lo puso para mirarse al espejo. Sí, parecía toda una reina. Pronto llegarían sus asistentes a peinarla, maquillarla, hacerle la manicura y prepararla para recibir el anillo que la distinguiría como la jequesa de Rhastaan.

¿De verdad iba a hacer aquello? ¿Iba a atarse a un hombre que jamás la amaría? ¿Un hombre que solo la veía como compañera de cama y vientre en el que engendrar a futuros reyes? Se dio cuenta de que tenía la mirada perdida en el espejo al mirar hacia un futuro vacío.

¿Estaba preparada para aceptar aquello?

—No.

Tuvo que decirlo en voz alta para darle el énfasis necesario.

Ella valía más que aquello, necesitaba algo mejor. Estaba segura de que su decisión causaría un gran escándalo, que iba a arruinar su reputación y que era muy probable que su padre la repudiase, pero lo bueno era que ya no necesitaba la aprobación de su padre. Lo único que le importaba era el amor del hombre al que adoraba, así que era mejor perder el apellido y el estatus que perder el alma sufriendo un matrimonio vacío. No quería convertirse en una persona sin corazón, como el hombre con el que se había casado.

Tenía que terminar con aquello lo antes posible.

Permitiría, por supuesto, que Nabil viese al niño. Era suyo y tenía derecho a forjar una relación con él. Se le encogió el estómago al pensar que tendría que ver al hombre al que adoraba, aunque no la quería, pero no tenía elección.

Oyó que llamaban a la puerta y giró la cabeza.

–Adelante.

Entró una sirvienta con un sobre en la mano y le hizo una reverencia.

–Una carta, señora.

Aziza vio la letra de su padre y se le volvió a encoger el estómago. No obstante, se dio cuenta de que Nabil debía de estar preparándose para la ceremonia y supo que debía comunicarle su decisión.

–Un momento...

Escribió unas palabras en una hoja de papel y añadió:

–Dele esto al rey.

Cuando la puerta se cerró notó un dolor en el estómago y se preguntó si era posible que hubiese cometido semejante error. ¿Por qué le había hablado a Nabil de sus sospechas antes de estar segura?

De repente sintió pánico y corrió al cuarto de baño.

Necesito hablar contigo.
La coronación no puede seguir adelante.

Nabil tuvo que leer la nota varias veces para poder entenderla.

¿Por qué le enviaba Aziza aquel mensaje en esos momentos? ¿Por qué no podía seguir adelante la coronación? Se había despertado aquella mañana con la esperanza de un futuro mejor.

Se dio la media vuelta y corrió escaleras arriba.

–Señor... Majestad... –lo llamó su consejero.

Pero él corrió por el pasillo hasta que llegó a la suite real con el corazón completamente acelerado.

–¡Aziza!

Gritó su nombre mientras abría la puerta y entraba en la habitación.

–¡Aziza! ¿Dónde demonios...?

La cama estaba deshecha y el vestido que debía ponerse para la ceremonia había desaparecido, pero los zapatos estaban en un rincón, y la diadema encima del tocador.

¿Qué había ocurrido? ¿Dónde estaba? La buscó en el vestidor, en el baño... Y entonces, al volver a la habitación, vio un sobre que había estado encima de una silla y que acababa de caer junto a sus pies.

Reconoció la letra de Farouk e imaginó que el mensaje solo podía contener malas noticias.

Sin saber por qué, supo dónde encontrar a Aziza, en el balcón en el que se habían visto la primera vez. Así que fue a buscarla allí.

Al principio no la encontró, pero entonces oyó un ruido y la vio hecha un ovillo en una silla, con la cabeza agachada y el pelo cubriendo su rostro, ocultándolo.

–¿Aziza?

Esta se quedó inmóvil, pero no respondió ni levantó el rostro.

–¿Qué te pasa? –le preguntó–. ¿Te estás riendo o estás llorando?

–Ambas cosas –respondió ella, limpiándose las mejillas.

–¿Ambas cosas?

Nabil vio que había estado llorando, pero al mismo tiempo tenía los ojos brillantes y alegres.

–¿Qué ocurre?

–Nada, bueno, a mí nada, quiero decir.

Nabil tuvo la sensación de que le ocultaba algo y no pudo evitar ponerse alerta.

–Maldita sea, Aziza, ¿de qué estás hablando? Dime qué pasa.

–Es Jamalia –gimoteó, levantando un papel arrugado que tenía en la mano–. He recibido una carta de mi padre. Jamalia se ha escapado de casa, con un hombre, a pesar de que mi padre se lo había prohibido. Y, al parecer, está embarazada.

Aziza se echó a reír.

–Parece que al final te has equivocado de hermana, Nabil –añadió–. Te casaste conmigo porque necesitabas un heredero, por mis caderas, pero yo no estoy embarazada y Jamalia... sí.

–Tú también estás embarazada. Al menos, es lo que me dijiste.

Nabil tenía la garganta tan seca que tuvo que tragar saliva para poder hablar.

–No... te equivocas.

Nabil dio un paso al frente con la intención de abrazarla, pero ella lo fulminó con la mirada.

–No me digas, Aziza, *habibti*... ¿Estás bien?

–Sí.

Era tan evidente que mentía que Nabil tuvo que morderse la lengua para no llevarle la contraria.

–Bueno, tengo calambres, dolor y me siento como una idiota –continuó Aziza–. En realidad no estaba embarazada, sino que solo tenía un retraso. ¡Ya lo sé, tenía que haber ido al médico! Pero pensé... no pensé, me limité a sentir.

Aziza se había quedado pálida y tenía ojeras.

–Lo siento mucho, Nabil, no sabes cuánto. Si me hubiese hecho la prueba, o hubiese ido al médico antes de decirte nada, te habría ahorrado todo esto.

–¿Todo el qué?

–La organización de la coronación. El tener que hacerme reina.

–No lo he hecho por obligación, sino porque quería hacerlo. Eres mi reina.

–Ya no. No estoy embarazada, Nabil. No voy a darte un heredero.

–¿Qué importa eso? –rugió él–. Podemos volver a intentarlo.

–¿Volver a intentarlo? –preguntó ella como si la idea la horrorizase–. No quiero volver a intentarlo.

Era mentira. No podía desear más tener otra oportunidad y la esperanza de quedarse embarazada de Nabil.

–De acuerdo.

Aziza no había esperado aquella respuesta. Era imposible. ¿Tan poco le importaba a Nabil?

–Si es lo que quieres –dijo él–. No nos hace falta un hijo.

–Por supuesto que sí. Es el único motivo por el que te casaste conmigo.

–Tal vez al principio, pero... no.

–¡Sí! Sé por qué me elegiste, para que te diese un heredero, por mis caderas, perfectas para tener hijos.

Se pasó las manos por ellas y Nabil siguió el movimiento con los ojos, pero su mirada era diferente a cuando le había dicho aquello de las caderas.

–Mala suerte. No quiero ser tu reina. No quiero ser tu esposa. Puedes divorciarte de mí, es sencillo...

–No. No me voy a divorciar. No puedo.

–Puedes, y puedes casarte con otra. Con alguien que pueda darte un hijo.

–Solo quiero un hijo si es tuyo. No me puedo casar con otra persona si no la amo.

Aziza se preguntó si había oído bien. Se sentía mareada, tenía náuseas.

–No te atrevas a hablar de amor –replicó, desesperada por terminar con aquella conversación–. No cuando ya me has dicho que no sabes lo que es amar. Y yo no puedo seguir con un matrimonio sin amor. Si lo hago, nuestra relación estará vacía, muerta.

–Lo sé –admitió Nabil–. Sé que nuestro matrimonio estaría muerto sin amor. Y es cierto que pensé que no era capaz de sentirlo, que no sabía lo que era el amor, pero alguien me ha enseñado...

—¿Alguien? ¿Quién?

—Tú —respondió él sin más, haciendo que a Aziza se le cortase la respiración—. Mi esposa.

Había dicho esposa, no reina, y Aziza no pudo evitar sentirse esperanzada, pero los ruidos de los preparativos, de los coches fuera, la hicieron volver a la realidad. Tenía que terminar con aquello cuanto antes.

—Nabil, tienes que marcharte. Eres su rey, tienes que anunciar que no va a haber coronación, que...

Él negó con la cabeza.

—No voy a hacerlo —admitió él, y se le quebró la voz—. No puedo. No puedo dirigirme a ellos como un rey porque, sin mi reina, no soy nada.

La miró fijamente a los ojos y, muy despacio, se arrodilló a sus pies.

—Aziza, mi belleza, eres mi reina.

—Porque... —empezó ella.

—No lo digas. No vuelvas a decir que solo te quería para tener un hijo. Tal vez fuese cierto al principio, cuando supe que necesitaba casarme. Pensé que sería la única manera. Clementina me dijo que buscase a alguien que me hiciese feliz, pero yo pensaba que no podía ser feliz, había dejado de creer en el amor. Así que un matrimonio concertado me pareció bien, pero entonces...

Hizo una pausa, miró a su alrededor y Aziza

supo que se estaba acordando de la noche que se habían encontrado en aquel mismo lugar.

—Entonces conocí a una mujer muy bella, una criada llamada Zia, que despertó en mí algo que no había conocido desde hacía años. Cuando se acordó el matrimonio y os vi a las dos supe que jamás me casaría con tu hermana. Incluso antes de saber quién eras, aquella noche despertaste en mí recuerdos que creía olvidados.

—Nabil...

—Deja que termine. Deja que te hable y después, si todavía quieres marcharte, te dejaré ir. Si no quieres ser mi reina, te dejaré libre, pero jamás podré ser el rey que quiero ser sin ti a mi lado.

—¿Y si no puedo tener un hijo? –le preguntó.

Necesitaba saberlo. Tenía que saberlo.

—Tengo primos que podrían heredar el trono. De todos modos, si no quieres ser mi reina renunciaré y se lo cederé a ellos. Me tendré que marchar contigo.

—¡No puedes hacer eso! –exclamó Aziza, mirándolo con incredulidad.

—Por supuesto que puedo. Tendría que hacerlo. Porque yo solo seré rey donde tú estés, contigo como reina de mi corazón. No puedo ser rey si no tengo a mi lado a la mujer a la que amo.

Aziza no podía pedir más, dio un paso hacia él y le tendió la mano para que la tomase y poder continuar juntos a partir de entonces.

—Y yo puedo ser cualquier cosa, hacer cualquier cosa, con el hombre al que amo a mi lado –declaró con voz firme y segura, sin rastro de duda en ella.

Podía haber dicho más, pero Nabil no se lo permitió, la tomó entre sus brazos y le dio un beso que terminó con todos sus miedos. Fue una silenciosa y ardiente declaración de lo que sentía, en un modo más elocuente que cualquier palabra.

–Mi amor –murmuró contra sus labios mientras la apretaba contra su cuerpo–. Mi vida, mi esposa. Mi única y verdadera reina.

Bianca

Ella se sentía torpe y fea…
él veía una joven dulce e inocente

La ingenua Carly Tate se sentía perdida. El peligroso Lorenzo Domenico no solo era su tutor, también era el primer hombre que hacía que se le acelerara el corazón, pero sabía que el guapísimo italiano no veía en ella más que una mujer tímida y mediocre…

No imaginaba que para Lorenzo ella era como una ráfaga de aire fresco y estaba convencido de que, bajo ese aspecto anodino, se escondía un cuerpo voluptuoso… un cuerpo que quería descubrir personalmente…

HARLEQUIN *Bianca*

PERDIDA EN SUS BRAZOS
SUSAN STEPHENS

PERDIDA EN
SUS BRAZOS
SUSAN STEPHENS

¡YA EN TU PUNTO DE VENTA!

Acepte 2 de nuestras mejores novelas de amor GRATIS

¡Y reciba un regalo sorpresa!

Oferta especial de tiempo limitado

Rellene el cupón y envíelo a
Harlequin Reader Service®
3010 Walden Ave.
P.O. Box 1867
Buffalo, N.Y. 14240-1867

¡Sí! Por favor, envíenme 2 novelas de amor de Harlequin (1 Bianca® y 1 Deseo®) gratis, más el regalo sorpresa. Luego remítanme 4 novelas nuevas todos los meses, las cuales recibiré mucho antes de que aparezcan en librerías, y factúrenme al bajo precio de $3,24 cada una, más $0,25 por envío e impuesto de ventas, si corresponde*. Este es el precio total, y es un ahorro de casi el 20% sobre el precio de portada. !Una oferta excelente! Entiendo que el hecho de aceptar estos libros y el regalo no me obliga en forma alguna a la compra de libros adicionales. Y también que puedo devolver cualquier envío y cancelar en cualquier momento. Aún si decido no comprar ningún otro libro de Harlequin, los 2 libros gratis y el regalo sorpresa son míos para siempre.

416 LBN DU7N

Nombre y apellido	(Por favor, letra de molde)

Dirección	Apartamento No.	

Ciudad	Estado	Zona postal

Esta oferta se limita a un pedido por hogar y no está disponible para los subscriptores actuales de Deseo® y Bianca®.
*Los términos y precios quedan sujetos a cambios sin aviso previo.
Impuestos de ventas aplican en N.Y.

SPN-03   ©2003 Harlequin Enterprises Limited

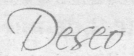

Diamantes y mentiras

Tracy Wolff

Marc Durand, magnate de la industria del diamante, sabía que no debía confiar en su exprometida, Isabella Moreno. Años antes, cuando su padre había robado gemas a los Durand, ella había mentido por él.

Marc no la había perdonado, pero tampoco había podido olvidarla. Como estaba en deuda con él, cuando su empresa tuvo problemas graves, exigió su ayuda. Hasta que descubriera la verdad quería tener a su enemiga cerca, y en su cama.

Cuando dos examantes trabajan juntos,
¡saltan las chispas!

¡YA EN TU PUNTO DE VENTA!

Bianca

Decidió que ella lepertenecería a él y solo a él

El imprudente magnate Luca Castelli creía saberlo todo de Kathryn, la viuda de su difunto padre, y no estaba dispuesto a dejarse engañar por la adoración que le mostraba la prensa rosa. En su opinión, aquella mujer joven y dolorosamente hermosa no era ninguna santa. Por eso, cuando las condiciones del testamento de su padre lo obligaron a convertirse en su jefe, decidió llevarla hasta el límite…

Pero cuando Kathryn se mostró a la altura del reto, el fuego entre ellos, que se alimentaba de odio y lujuria a partes iguales, se volvió aún más intenso. Hasta que una noche Luca descubrió que la inocencia de Kathryn era más profunda de lo que habría podido imaginar…

CUANDO EL AMOR MANDA
CAITLIN CREWS

2

¡YA EN TU PUNTO DE VENTA!